# 千夏《ちなっ》ちゃんが行く

福本千夏

飛鳥新社

# 千夏《ちなつ》ちゃんが行く

福本千夏

はじめに　004
春一　こんにちは、悲しみ　006
春二　悲しみの置き場所　056
夏　支えられて　104
秋　一人歩き　145
冬　私になる覚悟　192
おわりに　254

# はじめに

私はいつも首が揺れている。勝手に手足が動く。意思に反して体に力が入り、話す時には全身、金縛り状態である。

自分の中に別人がいて、四六時中そいつと戦っている。または、脳の中でうじ虫が動いている感覚だ。が、決してうじ虫のメスではない。人間枠に入り、外見上、変わった部類とされ、生まれた時から脳性まひと呼ばれている。

好奇心と茶目っ気で、曲がった体と、体全体で発する聞きづらい言葉で、親指しか役にたたない左手と、大きな手術の痕が残る外を向いた右足で、元気な子供たちに交ざり学んできた。大学は社会福祉学科を卒業し、二五歳で結婚。四つ年上の健常者といわれる高校教師の夫と息子との平穏な人生だった。

が、本書は、がんばる障害者の幸福な物語ではない。

夫は五〇歳を目前にしてこの世を去り、私は四五歳にしてこの世で最愛の人を失った。当時一九歳だった息子は、「障害者の私がなんで健常者の夫においていかれなあかんの―」と動物の遠吠えみたいに泣き暮らす私を遠巻きに眺めていた。

ある日、まっ白な髪と棒のような手足で私は、カーテンだけで仕切られた、接骨院の寝返りが打てない幅のベッドで呟いた。

「生きていてもね。痛いのもつらいし」

「痛いのは、生きているからです。痛くても僕は大丈夫です」と私より二回り年下の鍼灸師は言った。

「君が大丈夫でも。ははっ」って私は自分の笑い声に驚いた。

「ここから、人生を始めても……」とバカみたいに言う私に、彼はそっと頷いた。

あれは、おばさんの下心もあったのかな。鍼治療中、いつ体が勝手に動き出すかわからない私は、治療台でまな板の鯉。だから、まな板の恋。あっはは。


時は加速度をつけて流れ、夫を失ってから今年で九回目の夏を迎える。守りきれなかった命を抱きしめて、力の限り今も泣く。これからも、心にできた大きな穴は埋まることはないだろう。脳性まひの私にとって生きることは、決してたやすくない。でも、人の温かさに触れて喜んだり、驚いたり、時にはちょっとエッチなことを想ったりしながら、今を生きている。

# 春一　こんにちは、悲しみ

## 別れ

夏。あじさいが散るように、夫は逝った。二年間体内にあった癌細胞とともに、私と息子の前から姿を消した。私と息子は、この手で初めて人を看取った。この世で一番愛する人の死。悲しみが心身をむしばんだ。

私は脳性まひ者だ。曲がった手足に始終力が入り、全身をよじらせている。四五歳になっても座らない首は、ちぎれるくらい痛い。耐えかねて死にたいと思う瞬間もある。

夫の死後、日常のある特定の音や状況に、心と体が、前にもまして激しく反応するようになった。これが俗にいうＰＴＳＤというやつなのだろうか。脳性まひのうえに厄介なものがまた一つ加わった。でも、なに？　だから、なに？

私は生粋の変わりダネだ。たとえ、人前で吐こうと震えようと、これ以上変に思われることはない。それに、脳性まひの二次障害で、数年前から痛み止めと弛緩剤を服用している。心療内科にかかって薬が増えれば、起き上がることすら難しくなるだろう。

カウンセリングといっても、言語障害の強い私は、話したいことを話すだけでも全身に力が入り、相当な労力を使う。カウンセラーというだけで、私をなにも知らない人に、話せば楽になるからと言われても、苦痛なだけだ。

ここ数ヶ月、立ち上がるのもつらく、座ったまま尻を地につけて進むので、手足に魚の目らしきものがよくできる。一〇年来のお付き合い、自称、たこドクターに訴える。

「全身が痛い。特に首が痛い。助けてー」

「そうかー。だから、今日は魚の目これだけほじっても、痛いって言わんのや。ほっほおおい。とったぞー」

たこドクターは顔を上げて続ける。

「わしには、なにも治せん。昔、大きな病院の外科で人の生死を見てきてな。もう、切ったりはったりは……。が、薬が切れたらおいで。暇な午後診一番がええわ。わしでよければ、話ぐらい聞くで。でも、まずは動かない右腕をなんとかせんと、食事もしにくいやろ。体重もこれ以上減ったら……って言うてもしゃーないか。

あっ一日で一番つらい時間、接骨院にでも行ったらどう？　始終泣いて、体力を消耗させるより。まあ、あんたの場合、体も今は心も、ちとややこしいやろしな。いい鍼灸師か柔道整復師と縁あらばだけど」

会計を済ませ、私は中村医院と書かれた看板を後にする。

数日後から、夫の「ただいま」が聞けた六時半、日に何度か鳴るサイレンのような、泣き声が一回消える。


外にも出ず、電車にも乗れない私が、大きな一歩としてこの接骨院を選んだのは、夫がいた病院やホスピスとは反対方向の電車で、乗車時間が三分と短かったからだ。

初めての診察室で、簡単に症状を話す。

「最近夫を亡くして……首が痛いのは始終泣くから。右腕が痛いのは看病の時、酷使したせいかと」

なんだか今まで開かなかった缶が「すこん」と開いたみたいに、不思議と声が出た。

「わかりました。治療を始めていきます」

二三歳の無口だった男の子は、きゅっと唇を結んだ。

# 再生

夫の死後、初めての秋が過ぎ、冬が過ぎた接骨院の治療室。

「どうですか」と聞かれ、「今日も腕と首が痛い」と訴える私に、いつの間にか担当になった彼は、「ふーん、そうなんだ」と返す。私はベッドに上がりながら、「ねえ、いくらお仕事とはいえ、こう毎日痛いって言われたら嫌にならない」と聞いてみる。「耳栓してますもん」って彼は無表情に言う。

「そう」心がコトッと笑った。

その時、窓の外で救急車が走る音が鳴り響き「あっ」と声を上げる。

「どうかしました」「この音だめなのよ」と声を絞り出す。「小さい頃からですか」「夫が逝ってから」「そうですか」

ふいに、夫のやせ細った最期の顔が、よみがえってくる。刻一刻変わる病魔と闘い、生死の境目で聞いた音は遠ざかる。

肩や背中を押されながら、息を殺していると、全身が震え出す。

「はい、仰向けになって」と声がかかる。目尻にたまった涙が、横を向くとこぼれた。視線はしばらく宙を舞う。

「パトカーや消防車の音は、大丈夫ですか」「それは大丈夫」「なら、そのうち慣れます。救急車にも」「そういう問題じゃないと思うけど」「他にありますか。だめなもの」「機械の音とか……いろいろ」

ツーツーツーという一定のリズムを刻む音も、カチャカチャカチャという金属がこすれる音も、心がびくつく。

「最近まで、お風呂のタイルもだめだった」「えっ、シャンプーできないのは、腕が上がらないんじゃなくタイルのせいですか?」と彼は鎖骨に指を入れる。それに合わせて、私はふーうっと唇を尖らせ、「……かも」

病院の改装工事のけたたましい音と、一週間の治療予定と処置目標が書けない状態で、副担当医と救命医がついてのホスピスへの緊急搬送だった。でもこれで、ここで夫とずっと生きていけると私は思った。ホスピスから、私一人で家に帰るなんて思ってもなかった。ホスピスで付き添い家族として使った風呂と家の風呂のタイルは、色も形も大きさも質感も同じだ。夫の病室は家族風呂の隣だった。私は家の風呂から出るたびに、夫の病室に続く廊下があるという錯覚に陥る。夫が死んだ現実を、頭ではなく、まだ心で受け止められない。

ここは家で、夫は死んで、一人になった事実を心に入れるには、力の限り泣くしかない。

が、激しく泣くと、座っていない首が湯船に浸かる。脳性まひ者は呼吸のコントロールも難しく溺れかける。

「でも、シャンプーはできてますよね」と彼は顔を近づけ息を吸い込む。

「うん。今日はここにくる前、ヘルパーさんにしてもらった。私、ほんとはシャンプーなんて、どうでもいいの」「シャンプーは、毎日、自分でしなきゃー」と腕を押す。

「はい、次、首」と凝り固まった首に、右手がかかる。

ベッドに置いた彼の左手に触れまいと、右を向く。頭がごろんとベッドから落ちそうになる。「あっ」と私の両頬を手の中に収める。ふいの温かいものに震える私を、「あっはは。今ブルブルって」

私は天井を見上げ、「夫が逝ってから……壊れてる」って呟く。

「それは、わかっています。でも、人も筋肉も再生される」

「えっ」

足を押しながら「痛い？」と聞く。「うん」「福本さん、動かないから」「動けない」「僕は動けないことを、歩けないことを言っているんじゃない。そんなことは、大したことじゃない。あなたは動こうとしていない」

荒らげないが、強い声だ。

身を乗り出して、顔を真上に持ってくる。

「動けない」と首を横に振る。「ふーん。福本さん、動くのが怖いですか」

「怖いよ。動くと転ぶし」「歩くと転ぶんなら、走ってください」

「えー」って舌を出しながら、私は大きな声を出す。

「えー」って私独特の奇異な声を若造は真似る。

「立ち方も歩き方も走り方もみんな忘れた」と私は泣き出しそうな声をぶつける。

「でも、歩き方なんて、教わらなかったでしょ。僕もです。転ぶのが怖いと思えるのはい い。注意深く進むしかないんです。独りで立って歩いて、いつか走って転んで、その時にまた、泣いてください」

「あっはは、やだ」

「なら、まずは、ほふく前進ですね。全身を使って動こうとすることが、一番大事なんです。筋肉は、意志でつくられる」

この時、なにがほふく前進よ、私を真似るこんなクソガキにはなんにもわからないって、心底むかついた。

でも、真剣な顔が、なぜか心に残った。

## 卒業式

翌年の三月、少し肌寒い風が頬に当たる。校庭で揺れる桜が、つぼみをきゅっとさせている。この桜が開くのを、夫は今年も見たかったに違いない。

夫は高校の社会科の教諭で、テニス部の顧問もしていた。校庭の奥のコートには、誰もいない。

「奥さん、ご苦労様です」校舎の入り口にいる私を、村瀬教諭が出迎えてくれる。彼は数年前から、肝臓に癌細胞を抱える。癌には共生できるタイプと、できないタイプがある。そのことをよく知る彼は、私たち夫婦に気休めや励ましの言葉はかけなかった。ただ、同僚や連れ合いさんを伴って、私たちと語り、食べ、飲み、歌い、踊り、笑った。

今、一人の私を目の前にして、彼は少し戸惑う。

「あのー。私、スリッパじゃ動けないので、補装具のままで行きますね」

「あっもちろん。そのままで」とおどおどする。「私もお手伝いしましょ」

臨時採用の国語の本間先生が駆け寄り、私の右に立ち体を支える。

「僕はどんなふうにしたらいいのかな」と村瀬教諭。「今日は、両脇を抱えてもらったら、なんとか動けます。あの、肩を上げすぎないようにお願いします」

「うちの学校、エレベーターがなくて」「そうなんですよねー」

二人の教師の声が、他人事を話すふうに聞こえる。

「車椅子の生徒さんは？」息をあげながら私が問うと、村瀬教諭が答える。

「在籍中に車椅子になった子はいた。教師と生徒で車椅子を担ぎ上げて……ただ、卒業間近だったので、その子がきっかけでエレベーター設置にはいたらなかった」「そうですかー」

きっと数ヶ月だったから、友情が成立して一緒に卒業できたのだろう。人の手足を借りなくては生きられない身は、元気な身では想像できない。

お願いされることより、お願いすることのほうが苦しい。

健常児の中でただ一人の障害児だった学校生活。友だちは、なにをするにも遅い私を黙っていつも待ってくれた。できないことは手伝ってくれた。でも、友情が続くためには、最低限の環境が必要だ。さっき用を足したトイレも車椅子では入れない。少しの間だけにせよ、困らなかったのだろうか。

階段の踊り場で、腰を伸ばす私に、村瀬教諭は続ける。「福本先生も、休みながら、階段をゆっくり一段一段上り下りしていました。生徒の挨拶にも、笑顔で応えて……」

夫は教壇に立つと痛みを忘れるんだと言って、死の二ヶ月前まで、部活の顧問も務めていた。私と息子はさみしい気もしたが、夫は教師が天職なのだと思えた。

二階の職員室に通される。去年、息子と荷物を片付けにきた時は、ごった返していた夫の机の上。三本のカーネーションとカスミソウが収まった青い花瓶だけが、置かれている。夫の場所が、今も大事に保管されている。

「あっ卒業式の予行が終わったみたいです。武田君、呼んできます」と本間先生が席を立つ。

高校生活で心に残った人に手紙を書くという授業で、武田君は、この世にいない夫に手紙をくれた。「武田は福本先生には、よく話をしていたみたいです。でも、僕には正直、つかみどころのない生徒で……奥さんに託します」と数日前、村瀬教諭は仏壇の前でつぶやくように語り、手紙を置いて帰った。

武田君の手紙は、こう始まる。

「先生の病状を悪化させたのは、僕かもしれません。部活の友だちにも、そう指摘されました。笑顔を絶やすことがなかった先生。時にはお父さんみたいに情熱的に叱ってくれた……」

最後まで読み終えると、私はあわてて返事を書いた。

「お手紙、ありがとうございます。あなたの手紙、私が読んでごめんなさい。でも、私は夫の一番近くで生きてきた。だから、どうしても伝えたくてね。夫の病気の進行は、決してあなたとは関係ない。どうか、自分を責めないでください。それは、一番夫が悲しむことだと……」

今、職員室で私は、一度だけの文通相手を目の前に、声を絞り出す。

「会って直接伝えたくてね。夫が使っていた帽子とラケットも、もらってほしくて……私の言葉、わかる？」と紙袋を手渡す。

「わかります。えっ、僕がもらっていいんですか。あっ、手紙、ありがとうございました。なんだか、温かくて、持ち歩いてます。僕の宝物です」

「宝物って言ってもらえて、うれしい。あっあなたのせいじゃないよ。誰のせいでもない。仕方のないこと。病気や死は……」

「はい。きっと奥さんが一番大変だったと。だから、すぐに返事をくれて、今日もこうして……」

「会えてよかった」

「僕もです。奥さんも体に気をつけて、これからも」

うそ偽りのない、強さと弱さと優しさと冷たさが混ざった一八歳の瞳だ。

「ありがとう」

「僕もなんとか卒業できるみたいですし」と周りを見回しながら言う。

「えっ」って私の大きな声が漏れる。

「課題出せよ。課題。そいつ、三教科も赤点とりよって」と、体育教諭の担任の声があがる。

「やるねー」って笑う私に、彼はあどけない顔で頭をかく。

「失礼します」

職員室の戸を閉める彼の後ろ姿に「三年間で一番いい顔でしたね」と本間先生が微笑む。

「俺らには無口なのに、今日は……」と担任は少し寂しげだ。

「あいつ、あんなに大人びてたか。涙目でがんばりよって……卒業させても、ええか」

村瀬教諭の目が、夫の机に注がれた。


その足で接骨院に向かう。

「今日は、夫の学校に行ってきた」「忘れ物でも取りに？」

「まあ」「なにか素敵なものですか」

「うん。手紙の追伸」「なんか、よくわからないけど、うれしそうですね」

「うん」「そういえば、福本さん、最近、僕にお手紙くれなくなった」

「あっあれは、症状を書いていただけで、べつに」「僕的には、接骨院のお兄さんならぬ、鬼さんへとか、北風と太陽の北風さんへとか」

「気に入ってた？」「べつに」

「今は私の言うこと、わかるでしょ」「うん。たいがいはね。僕、鬼のように聞き倒すし」「うん、それに北風みたいに、冷たい言葉が返ってくる」「耐寒するんだあ。ぴゅー」

受付のカウンター越しに口笛が混ざった息を吹く。

「こっ凍るよ」

でも、桜は、今年もきっと咲く。

## がんばらない

私はどうも母が苦手だ。小さい頃は、健常児に一歩でも近づくようにがんばれと、厳しく育てられた。が、娘婿がいなくなってから母は、私を腫れ物のように扱う。母といると息苦しくなる。

きっと、母は、娘のがんばった末に縁があった娘婿の死を、受け止めることができないのだ。母は娘婿を息子のように頼り、愛していた。

「なんで、ふくちゃんが逝ったんよ。うちのお父さんが逝けばよかったのに。泣かずにがんばっている千夏がかわいそう……」と、会うたびに泣く。私たちは、ハンディを背負った子を育てる強い母と素直な娘を懸命に演じて生きてきた。強がれなくなった母の丸くなった背中をさすれても、母の胸では決して泣けない。

体調が優れない母のもとへ、二ヶ月ぶりに向かう。

四〇年ほど経つ千里ニュータウン。住む人も建物もすっかり古くなった。夕闇に包まれたゴースト団地のような一一階建ての建物が二棟聳え立つ。この一〇階の一室が実家だ。

エレベーターから、顔見知りの中年男性が出てきて会釈をかわす。狭い廊下を、互いの体を左右に揺らせて行き交う時は、振り返ってしまう。彼の左足は、金具がむき出しのままだ。地面との間には空洞ができている。右足にしか靴をはかせていない。その姿に、私はいつも釘付けになる。すれ違いざまの金属の音が耳に残る。かたんかたん……。

人間はみんな違う。みんな、それぞれに与えられた自分を生きている。でも、障害者や病弱者は、ことさらがんばって生きているように映る。それは、障害者や病弱者は、健常者よりもがんばらざるを得ない現実があるからだ。がんばることを強いられる。

夫は死の二日前、呼吸をするのがやっとの中、最期に「が　ん　ば　ら　な　い」と言った。癌の末期は、発熱を伴う。ホスピス入院後すぐに、部屋に広がる熱の雲のようなものを感じた。恐ろしくでかい敵が現れたと思った。それから一週間、夫はこの熱魔と戦った。

ドクターは、「この熱は下がりませんが、冷やして気持ちよさそうなら……」と言った。

私と息子と私の父で、ローテーションを組み、頭と手足のリンパ節を二四時間冷やし続けた。ナースたちは氷を取りに行く私に、「夜中は私たちが看ていますから、少し休んでください」と言った。そして、ほんのつかの間、わずかでも熱が下がると、私たちとともに喜んでくれた。

私は、熱が下がれば、次の奇跡が起きると信じていた。なんどもなんどもタオルを氷に浸して絞り、おでこに載せる。握力が弱い私は、水道の蛇口に引っ掛けて、タオルを絞る。無理な使い方に加えて、常に氷に触れて右腕がぼろぼろになった。痛みは痛み止めでごまかせる。だが、もう両腕はまったく上がらなかった。

歯を食いしばり、微笑み、部屋を出ると、そこには夫の同僚Sさんがいた。彼に事の次第を告げると、「よく話してくれたな。僕は必要な時にきた、ついてる男や」と言い、私の父がくるまで冷たいタオルを絞り続けてくれた。夫は、最期まで私たち家族以外の手を借りるのを嫌がった。

「ふくちゃん、今だけ人の手を借りよう。うちの子も、いつか誰かにお返しする日がくる。その姿を二人で見るために、なんとか今を生き延びよう」と私は言った。

頷く夫に、「福本さん、わかるかー。がんばってやー」とSさん。夫はこの時、私たちにしっかり視線を合わせた。そして「が　ん　ば　ら　な　い」と体から声を立たせた。これが、夫の最期の言葉となった。

「そうやなー。がんばるのは僕らや。福本さん、熱下がるでー」

Sさんは氷の中に手を入れた。しばらくして、ナースが検温にきた。夫は静かに左右に首を振った。初めて検温を拒んだ。きっと、熱が下がっていないことを、がんばってくれているSさんに、知られたくなかったのだ。

二〇年前からあるベビーダンスの上の、木箱扱いされそうな小さな仏壇の前で、泣き崩れる。自動換気の音だけがするリビングで、「なっちゃんも、がんばらなくていい。お母さんにも無理して会いに行かなくていい。きっと、なっちゃんの優しさ、わかってくれてる。強さ、信じてくれてる」と夫のささやきが聞こえた。

## 一週間

明け方まで号泣したせいか、両耳の奥が痛い。接骨院の待合室。ツーツーという得体の知れない音が今日もする。どうも隣の事務所かららしい。

さっき、扉付近できゃしゃな体型の黒い犬を連れた中年男に出くわした。いったいこの事務所はなにをしていて、この音はなんだろう。接骨院の待合室の椅子に鞄を置き、腰を浮かす。テレビで見た空き巣のように、ゆっくりと足を後ろに動かす。穏やかな風を耳に受けながら、少し開いている扉の隙間をそろりとのぞく。真っ暗でなにも見えない。

椅子にお尻を戻す。大きな音は鳴り続け、心がびくびくする。不意に入ってくる音を遮断する道具、アイポッドのイヤホンも痛む耳には付けられない。顔にうっすら汗が出始め、胃酸が上がってくる。

あっ……。

ツーツーツーという音が、夫との最期の入院生活を思い起こさせる。国立病院の病室が私の目の前に広がる。医師と夫の顔が脳裏に浮かんでくる。


真っ白な壁に面したベッドに横たわり、夫は聞いた。

「先生、一週間、ここから出て動けますか」

「それは、難しいです」

若いドクターは答えながら、目を充血させている。

頬を強張らせ、拳を握る姿の隣で、「ふんばって」と私は心の中で叫ぶ。

四度目となるこの時の入院は、救急車での搬送だった、夫に残された時間は、二週間だと告げられた。このことを、私は、自分と息子の胸だけにとどめた。動ける状態の余命告知なら、まだ考えられた。だが夫は今、病室のベッドの上にしか身の置き場がない。すべて話したところで、どうなるのか。絶望し、今日を生きることさえ、あきらめてしまう。

そんな気がした。

「この部屋、バナナの匂いが強烈なんですが」

ドクターが白衣に手を入れ、天井を見る。

「沖縄の友だちが、送ってきてくれたんです」と私。「島バナナ、おいしいですよ。無農薬ですし。黒くて見た目は悪いけど、中は白い。先生もお一つ、どうですか」と夫は、ドクターの背にあるテーブルの上に視線を送る。

「珍しいですよね。一本いただきます」

開け放たれた病室に食事が運び込まれる。「先生もお食事ですか」と看護師が穏やかに微笑む。


酸素を運ぶ機械、ツーツーという音も、バナナの香りも、私を息苦しくさせる。止まない音をシャットアウトしようと、両方の人差し指を痛む両耳の奥まで入れ、頭を下げる。落ち着け。大丈夫と自分に呼びかける。泣き叫びたい自分を抑え込む。手に汗が出る。体が震え出す。吐き気が加わる。

その時、一番端の治療室から、「どうぞ、お待たせしました」と呼ばれる。「ごめん。ちょっと待って」とトイレに駆け込む。

体内につかえているものがなにも出せず、青ざめたままトレーナーを脱ぐ私に、「二日酔い？」と治療台の大きな敷きタオルを広げて振り返る。「一緒にするな！」ってがなった瞬間、体の力が抜けた。

治療が済み、財布を開けながら、「ねえ、一週間しか生きられないとしたらなにをする？夫が最後、ドクターに聞いたのよ。一週間動けますかって。あの時、夫はなにをしたかったんだろうってさっきから考えてた」と私は聞く。

唐突な質問にあなたは、「そんなことを、考えていたんですか。でも、一週間って……セミみたいだ」

「セッセミって」私は続く言葉を失う。ったく。

接骨院の玄関の重いガラスの扉を、後ろから開けるあなたの肘に押されて、外に出る。

「あっ。私、撤去された」って靴のマジックテープを止めるのにかがんだ瞬間、「余命告知」と、心の奥にあった一言がすっと出た。頭の上から声がする。

「しなかったんでしょ」

「うん」コンクリートの地面に向かって言う。

「愛なき告知よりきつそうだ」

「愛は自己満足だしね」と、私は立ち上がる。

「でも、福本さんが、夫《おっと》さんを想って、精一杯考えて、言わないって決めたんでしょ」

「うん」

「セミも余命なんてきっとわからないから、懸命に……」

「にい！」私は思わず、息子を呼ぶ時に最も口から出しやすい叫び声を上げる。思ったより大きな声が響く。私は声の強弱のコントロールもできない。

「声でかすぎだし」「にい、あの音なに？」と隣の事務所を指さす。

「ツーツーツーっていうあれですか。僕もよくわかりませんが、お隣はセコム関係の事務所です。ひょとして、あの音もだめとか？　あっ僕片付けなきゃ」

葉っぱの先が少し茶色くなった、木の根が張った素焼きの大きな鉢を抱える。

「また明日」と扉が閉まると同時に声がした。

## 喜怒哀楽

浴槽で呼吸を整えて、浴室の戸を押す。が、全身ふらふらする。えっ私、立てないじゃん。バスマットの上にとりあえず座る。夫の死後、全身の筋肉の緊張がひどい時と、身が崩れるような脱力感に襲われる時を、繰り返すようになった。はーはーと息をする。

夫は入浴もきつかったんだろう。

最後の入院前、一ヶ月を私たち家族は自宅で過ごした。が、一日一日、数時間単位で夫の体力はなくなっていった。はじめは私と入浴していた。互いになにもできないが、一緒にいるだけで安心できた。でも、すぐに息子の手を借りるようになった。

「父ちゃん、遅くなってごめんな」と息子は、帰宅すると、まず父の部屋に入っていった。「お帰り」「お風呂、入るんやろ」ゆっくり立つ父に肩を貸す。「すまん」「俺、毎日でも抱きかかえて……そんなん当たり前やん」と言いながら体を湯船に浸ける。そして、「龍」と呼ぶ微かな父の声を待ち、湯船から引き上げる。

「はあはあ」と息をし、座っているのも苦しそうな夫。息子と二人で、体を拭き着替えるのを手伝う。

一秒一秒、癌細胞が夫を弱らせていく。戦場で弱っていく戦友を、なにもできずただ見ているような光景とは、きっとこんなふうなんだろう。息子だけが、苦しみを共有できる唯一の戦友となった。

リビングが一二畳の3LDKの住まい。広い窓を開け放ち、ソファーで読書をするのが夫は好きだった。楕円形の図面のこのマンションを、息子の大学受験の年に購入した。まさか翌年、癌を発病するなんて思いもせずに。

年々全身の状態が悪くなるであろう妻に大きなベッドを買って、リビングで日中を過ごさせようという夫の思いは聞いた。だから、玄関は狭い。寝室になる入り口近くの部屋もリビングについた和室も広くはない。なにも考えずに家具が置け、鍵がかかる唯一の部屋は、入居時、息子にとられた。夫の寝室の、セミダブルのベッドの横には、私のシングルマットが入らない。向かいの正方形の、息子の部屋のベッドの下に陣取る。

二つの部屋の戸を開け放ち、廊下を挟んで、家族三人、川の字で寝る。私が一番小さい、川の字の真ん中になったこの時まで、家族の時間は流れていた。


ある日、息子がバイトで深夜に帰宅した。夫は天井を見たまま、

「龍、風呂……今日はいい。ありがとう」

「うん。また明日でも、いつでも言ってな。一緒に入ってもええし」

「また、頼む」

ベッドの中で目を閉じる夫に、息子は部屋の戸を開けて「おやすみ」と言って電気を豆球にする。

「かあちゃん、父さん今日どうやった」「今日も、かなりよくない」

ベッドの下の私は布団をかぶって、声を押し殺して泣いた。「はよ寝ろ」と言う息子の背中を見る。ベッドの中の枕が震えていた。夫も息子も泣くことができない。夫の体は、あまりの激痛で、哀しむことさえ許してくれなかったのかもしれない。

接骨院の受付に座る彼に、「あなたって、そんな顔だった？　今日のその顔は反則よ」と思わず口をついた。「やっぱ、かっこいいのって反則っすね。うふふ」

「だっだれが、かっこいいって？　まっ若いから、顔も変わって当然か」

息子の顔は毎日見ているからわからないけど、変わってきているのかな。あの子はもうきちんと泣けているのかな。笑えているのかなって思った。

「僕の顔、今日も昨日と同じですよ。福本さんの昨日は？　今日は？　調子はどうですか」「まあねー」と、私はカーディガンのボタンを必死にとりながら、そっけなく答える。

「なにがまあねですか。あーあ、反応なしですか〜。大変なのに」

「なにがどう大変なの。脅すな」「ボタンが大変でしたね。まあまあ……」

治療台にうつ伏せになった私の背中を軽く叩く。

「ねえ、きみも泣くのか？」「えっ。うん。じいさんが死んだ時に泣いたかな。あの時はきつかった」「息子もだんなの葬式以来、泣いたのを見たことがない」

「そう。福本さんは、今日は泣いてないですね」と顔を覗く。

「ふん」

「きっと息子さんも……ただ男は」

「そっかー。男の子ってつらいんだ」

「すよー。治療始めていきますね」

## 月命日

月命日に、夫の母から手紙が届いた。

「千夏さん、龍君。その後いかがお過ごしですか。天国にいった神様のような優しくて賢くてえらい〇〇君。私は〇〇君を思うと、悲しくて悲しくて。この悲しみは、これからも私の死ぬまで続くと思います。(中略)お墓などについても、千夏さんの考えをゆっくり聞かせてください」

と締めくくられた老婆の丁寧な文字を見て、リビングでしゃくりあげていると電話が鳴る。友人の律子からだ。

「手紙読んでぼろぼろ泣いて、福本家の墓なんて考えるのは、やめなさいよ。あんたんちは次男で分家なんよ。それに、千夏さん千夏さんって言うのも今だけだって。結婚の時、あれだけ反対されたじゃん。なに夫が死んでから嫁しようとしてんの。バカじゃないの」

「うん」「そうよ。月命日には泣いても、一時の感情に流されたらだめよ」

りっちゃん、月命日おぼえてくれてたんだ。

大学生の時は学科も部活の軽音楽部も同じ。ついでにほれた男まで同じだった。施設職員、建築の図面書きなどなど、彼女は転職を何度かし、結局は音楽で身を立てている。なんでもこなせる律子は、結婚したら当然、嫁もできてしまう。それが彼女の悩みだった。

　卒業後も仕事で定期的に大阪にくる律子と、会食を楽しんだ。ある日、イタリア料理の店で律子がせきを切ったように話し出す。

「お互いが選んだ相手なんだから、子供ができないのは仕方ない。ただ、孫の顔が見たいと言い続けるばばあとの同居は絶対いや」

「りっちゃんって、いい嫁してそうだもん」「でさあ、こないだ、うちの子のものでなくても、××家の孫を産んでくれればいいって、ばばあに言われた」

「へえー」私は思わず高いトーンの声を出す。「そこまで言われても、週末、嫁しに行ってるわけ」と興奮してスパゲティーのフォークを飛ばす。

「まあね。でも、へろへろ。庭の草むしりから、買い出しから、台所磨き。嫁なんて無償の家政婦よ。私はピアニストなのに、こんな荒れた手」と、私が落としたフォークを拾い、自分の指を眺め彼女はため息をつく。

　私は結婚当初、夫の親に反対された成り行きもあって、嫁を免除されていた。時折落ち込む私に、律子は言った。

「千夏、ありがたく拒否されときな。うらやましいよ。嫁なんてできなくていい」

　ある日のランチの時、彼女は、くるくるにカールした金髪で現れた。顔が小さくて目が大きい、小柄な彼女にぴったりの髪型だ。

「りっちゃん、お人形さんみたい」

「でしょ。だんなもいいって。うっふふふー。あのさー、この髪型でだんなの実家に行ったら、お義母さんが怒って、その髪が黒くなるまでこないでくださいって。今、出入り禁止なのよ。あっこの手があったかって。もっと早く気づけばよかった」と髪をかき上げた。

帰りの電車の中、向かいに緑一色の髪をした女の人が座った。その人が席を立った瞬間、二人で顔を見合わせて、大笑いしたっけ。


あれから二〇年かー。

「ちなっちゃんが今さら嫁なんて無理。千夏はちなつ。ふくちゃんが好きだった、ふくちゃんを好きだった千夏で充分」

そう言って彼女は受話器を置いた。

涙で充血した目で治療室のカーテンをくぐる。「今日、夫の月命日で、久々に悪友が電話をくれて」

「そうっすか。で、何回目の月命日」と聞かれ、うつ伏せのまま、私は指を折り数える。

「えっ普通そこで詰まりますか。それに、どうして福本さんのお友だちが夫さんの命日に電話を？　あやしいなー」って手を止める。

「あのなー。あなたに言うと、話がとてもややこしくなる」「そうかなー。僕は一般論を言っているだけで」「なにが一般論よ、まあ、確かに大学生の時は、同級生の男の子を二人同時に好きになったこともあったけど」「えっ、うっそ！」って女の子のような声を出す。「おばさんをからかうな」

「で、今日は、調子はどうですか。背中が痛い以外は？」

「なんだか今、寒気が」と訴える。

「えっ、風邪ですか」と首をかしげる。

「だっ誰かの言葉が、かっ体も、こっ心も冷やすの」「またー。昨日いい加減な格好で寝てたんじゃ？　布団は被ってた？」

「うーん、一人じゃ、寝てる姿なんて見れないし」

「まあねー。はい、上向いて」と首にかける手を止め、

「命日に殺人スタイルっすね」と彼は笑う。

## 真夜中のランニング

息子が朝、スキー場から帰ってきた。一日中寝て、台所で一人夕飯を済ませ、リビングのソファーで、大きく体を揺すっている。耳元のヘッドホンからは、聞き覚えのあるロックのサウンドが漏れている。

「元気あり余ってるんやろ。そこらへん走ってきたら。あっ母さんも走ろうかな」と、いらないことまで口がすべる。

「ほんまやなー」と急に立ち上がる息子。

（まっまずい。聞いてたんかー）と顔で言う私。

「けっ、うそか」と息子は部屋に入ろうとする。

「あのさー、風呂上がりで、こんな夜中に外に出たら風邪ひくやろがあ」

「ほな、言うなよ」

ごめん、といつもなら布団に入る。が、私は息子となら走れるかもしれないと思った。

「よっしゃー。走るというか、歩くと思うけど行こう。手ひいてくれるか」

「はあ？　知らんぞー。走りに行くんとちがうんか」と息子はジャージに着替えている。

「ちょっと待って」と私は寝巻きの上から、ジャージとセーターを着てマフラーをぐるぐる巻く。

「そんなコロコロの格好で動けへんやろ」と言いながら、玄関の鍵をかける。「行くぞー」と走り出す息子に数歩もついていけるはずもなく、すぐに足がもつれ転ぶ。

「もーう」と抱き起こしてくれるどころか、完全に怒り顔。

「にいちゃん、先に行って」

「はあ、わけ、わからんし。一緒に走る言うからきたのに」

「お前なあ。私が走られんのも、歩けないのも知ってるやろ」と今さらの言い訳をする。

「ほな、なにしにきたん」

「だから、あんたとなら、ひょっとして走れるかなって」

「ったく……甘い。お前はなにもかも。しかも、人になんでもやってもらってるし」

「はあ、にいちゃん、なに言ってるの」突然の攻撃に面食らう。

「だから、お前は今まで人生をすべて、あの人に頼って生きてきたわけや。それがなくなっても、また頼るわけ。誰に任せるん。なあ、お前、これからどうするん。どう生きたいん」と問いのジャブを食らう。

いつもなら、まず、お前呼ばわりを正す。そのうえ、父親をあの人だなんて。父さん、父ちゃんと呼び続けていたのに、偉そうに。龍、あんたはどうよ！　なんていつもの私なら逃げる。が、この時はリングで真っ向勝負を挑まれた感じがした。

「私、どう生きたいんやろ。いつか、あの人の生き様や、ホスピスを含めた癌医療のことを書いて、きちんと人に伝えたいっていう思いはあるんだけど、今は生きているだけで苦しくて。でも、自分と向き合うことから始めなきゃね」

「ほんまに、地味〜やな」

「うん、確かに私は派手さにかける」目立ってしまう体のキャラではあるが。

「でも、いいんとちがうか。お前が望むんだったら」

「望むとかじゃない。それしかできない」

「アホか、だから、好きなことを好きなようにやったらいいって言ってるやん」

「うん、あんたの言うことはわかる。けど、私はもう年を取っていて、生きている時間があんたとはちがう」

「お前、長生きしろ……俺、大学辞めようかと」とどめのアッパーカットを食らう。

彼は去年一年間、理工学部、機能分子化学科に籍を置いた。留年はほぼ決まっている。

「あのなー」「お前の言うことはわかる。でも、まあ聞け。俺は生命の研究がしたかった」「けど、父ちゃんが死んで、夢は消えたと」「かもな。人は死ぬ。いくら化学を用いても、死なない薬はできない」

息子は決してふざけているわけではない。彼は小学校三年生の時、「お母さんの病気を治し、人間が死なない薬を発明したい」と声高々に作文を読み上げた。あの時、担任もクラスメートも感動し、これが本来、人が持つ優しさと褒めちぎった。が、私はうれしい反面どこか解せないでいた。

「病気やったらあかんかー。人間は死ぬもんや」と小さな君には大きな声で言えずにいたが。だから、君が中学三年の進路を決める時、「おかんの病気を治すのはやめた。おかんが病気治ったら、おかんじゃないもん」と言ったことのほうが、私はうれしかった。

私のすべてを認めてくれたんだって。この子を育てて、この子に育てられてよかったと思った。同時に私の務めはここで終わったんだと寂しさも感じた。これからは父と向き合い、父を乗り越えて大人になっていくんだろうなって思っていたのに。

父はきっと大きな存在で、人生の羅針盤のようだった。なにも語らずとも、そこにいなくてはいけなかった。息子にとって、父親はきっといるだけで心安らぐ人だった。

その父が死んだ。

「人が死ぬってわかったんや。幼稚園並み」と笑いながら言う私。

「いやー。幼稚園以下かも……。したいことも夢もない。死なない薬なんて、もうどうでもいい。学歴も生きていくのに意味ない。近藤先輩もがんばって就活して、入った会社半年で辞めた。今は卓球ショップでバイトしながら、ちび相手に教えてる。

パイロットになるって言っていた浅尾は、回転寿司屋でバイト。人生ってなんやろって思う。お前は、きっと大学は出なさいと、夢がなければとりあえずって言いたいんやろ。

「けど夢がないんなら、ホストでもホームレスでもいいやん」

せきを切ったように、今まで胸にあった言葉が、洪水のようにあふれ出す。

彼は、私が彼と歩き出そうとするこの時を待っていたのかもしれない。最近覚えたタバコをくわえたまま、まっすぐ信号を見ている。並んで歩く私に視線を向けない。信号の色が変わりかかる。

「はよ、こい」言葉をなくし、懸命になにかを言いたそうな私を呼ぶ。

「ホームレスになる根性もないくせに」

「ホームレスはたとえの話やん」

真っ暗な住宅地で、少ない言葉のあげ足を取りあう。

コンビニが目の前に広がり、親子喧嘩の休憩地点となる。血を見る大人の喧嘩ではなく、子供の喧嘩で済んだ。

「大学、三月中に考えや。あんたの決めること」と言い放ち、家の玄関に一緒に入る。

## 二人飲み会

「おかん。なんもないでー」夕方、息子が冷蔵庫を開けて言う。

「どうする。なんか買ってくる？　それか、なんか食べに行く？」

「おかんは、どうしたいん」と、リビングとキッチンの真ん中のカウンターから顔を出す。

「あんた誕生日、今年はスキー場やったから、なにもしてへんな。飲みにでも行く？」

テーブルに片手をつき立とうとする私。

「いいけど、おかんのその格好、きしょいで」とソファーに腰を浅くかけミネラルウォーターのキャップをひねる。

「なんや、照れんでも」

でも、息子がこんなことを言ったのは初めてだ。洗面所の鏡で自分の姿を映す。専業主婦をしていた頃、よく着ていた薄いパープルのフワフワとしたアンサンブルセーターは、今回男性用ヘアーカタログから選んだこの髪型には確かに似合わない。前髪をかき上げながら、「着替えようかな」と独り言のように呟く。

「別にいいやん、顔変わらんし。用意できたら言うて」とペットボトル片手にリビングを後にする。

電車で一駅の居酒屋に行く。が、学生証を忘れて入店を断られる。

「私、障害者手帳やったらあるけど」「あのなー。俺が高校生に見られただけで、おかんは関係ないっしょ」「あっ、そうそう。私、あんたの大学の入学式で、保護者席はどこですかって聞いたら、学生席はあちらですよって言われたし」

「そのぼけた質問にぼけた応対なに？　それに、そこは」

はいはい、障害者がまさか子供なんて産まないだろうという世間の思い込みを解く一言を吐けばよかった？　でも。

「いいやん、若く見られたんだから」「というか、結局その格好」

「きゃっ」カーディガンの裾を両手で摘む。

「きゃって、なんやねん。まあ、今も、これからも、おかんはずっと分類不可能なんやろな。そんなことより腹へったあ」って足踏みを始める。

駅前まで戻り、ビル入り口の寿司チェーン店に入る。

「らっしゃい」威勢良い声に迎えられる。ランチ時には気づかなかったが、ここも酒類のメニューは、居酒屋と同じぐらいある。居酒屋だけの学生証提示はナンセンスだ。注文したカクテルを飲みながら、寿司をぱくつく。

「刺身も頼んでいいか」「いいけど、あなた、刺身なんて好きだった？」「知らんのは」

「親だけってか」「あっこないだ、酔った勢いでサーティワンのハートのクッション……」

「まっさか、黙ってお持ち帰りしたんじゃ？」「違う。そんなことしません。後輩が、どうしても彼女にあげたいって言うから俺は見ないふり。でな、翌日彼女に激怒されて、二人で返しに行ったたって」

「あんたも、そんなええ女の子なら、テイクアウトしたいよな」

「まあな」って私が、マグロを大葉にまいてテーブルに落とした数滴の醤油を拭き取る。

「あっ私は父さんに酔って口説かれたんじゃないから」って言い放ち、手を震わせながら、大きな口を開け頬張ろうとする。

「言ってないやん。そんなこと。それに知らんのは……」

「私だけってか」「あーあ。マグロ脱落」

これも布巾で取ろうとする。

「たっ食べる！」

お皿の代わりになったテーブルから、手づかみで大トロを口に持っていく。

「腹、痛なっても知らんぞ。泳いだんとちがうからな。お前が落としたんやからな」「大丈夫。あっアルコール消毒しとこ」ホットの梅酒を胃に流す。

「まあ、父さんも若い時は、酔って灰皿を鞄に入れたり、あっあんたには言ってなかったよね。友だちとイタリア旅行した時には、父さん酔って、トイレとまちがえて、ホテルの窓からおしっこしたらしいわ。楽しいことを、いろいろやってくれはりました」「楽しいって、それは美化しすぎー。母さん、よっぽど父さんに」

「今も惚れてます」

互いがほろ酔いのいい感じだ。が、息子は席を立とうとせず、次々とカクテルを飲み干す。目が座り、しだいに会話にならなくなる。悩む二〇歳の素顔が出る。

人生の価値が変わったこと。今まで当たり前のように見えていたものや感じていたものが、なくなってしまった喪失感。そこから新たに、自分でなにがしたいのかわからず、もがく息子。

悩めることを、幸せに思いなさいとは言わない。それを、今、説いたところで仕方がない。ただ私は、あなたの人生、代わりには生きてあげれない。

帰り道、千鳥足で音楽教室の看板にぶちあたる息子。「あーあ」って私は手を出す。

「ここ、おかんとよく通ったよな。俺っていい子だったよな」って息子は自分で起き上がる。私の手を引き、歩き出す。

「今もいい子よ。ひょっとして、昔はいい子ぶってた」

「それはないなー」

「あっはは、やっぱり。これからは、少しはいい子ぶってよね」

「今さら無理っしょ」

家にたどり着く。電気が赤々とした、音楽が鳴り響く部屋で寝る息子に、

「あんたはいい子だよ」と、スタンドとステレオを消す。

リビングで、亡き夫の写真に話しかける。

「あなたがいたら、どんな二〇歳の酒になっていたんだろう。三人家族の楽しい誕生日になったんだろうか。私が酔っ払い二人をタクシーに乗せるはめに……。だったら、なんて人生にはない。

不安定な息子も引き受けない。引き受けられない。互いの今を受け止めるしかない。

## 許容範囲

数日前、診察室で、ぐずる女の子と叱る母親の声が次第に大きくなって、女の子の甲高い泣き声が上がった。隣の治療台の私はガタガタ震えた。あなたは「大丈夫ですか。汗も出てる」と手を止めた。

子育てを経験したおばさんが、子供の泣き声も、今はだめとは言えない。変なおばさんって思われたくはない。変な人には違いないけれど、人それぞれ許せる変な人っていうのは違う。

でも、体の小刻みな振れは止まらず、ビニール製の半ドーナツ型の枕から顔を上げて「ごめん。きついかも」って声を振り絞った。「ちょっと待っていてください」あなたは背中を二つ叩いて、隣の治療室へとカーテンをくぐった。

「あのー、ほかの患者さんもいるので、静かにしていただけますか」

結果的に、「怖いおばさんに叱られるから静かにしなさい」と親子はパニクって、余計に騒がしくなった。ばつが悪そうなあなたに、「逆効果じゃん」って笑った。「ですねー」と再び背中を押す。

夫が逝く三日前、ホスピスから自宅に向かう電車の中、乗客すべてが骸骨にみえた。吐き気に襲われ、全身から冷や汗が吹き出た。この時、目の前で小さい女の子が泣いていた。大事な人を失った心は、かつての状態には戻らない。他人には理解できない。まあ、他人に理解されるために、私は生きてはいないのだけど。

「今日は大丈夫ですか？」治療を始めてすぐ、耳元でささやく。

「へっ」「子供の声もだめだって、前に言ってたじゃないですか」

「あっ」カーテン越しに四～五歳の男の子が、見え隠れする。

ママの傍らでミニカー片手に遊ぶその姿は、かつてのわが子と重なる。

「うん。元気な男の子は、大丈夫」

「許容範囲ひろ」

「ふん？　あのなー」

男の子がミニカーを追って、カーテンから顔を出す。

「おばちゃんに、こんにちはって」

男の子も私も恥ずかしそうな顔をする。

「今日は仰向けから始めましょうか。かわいい男の子もいるし……あっ」

ママがいる安全地帯にその子はお尻から戻っていった。

「怖くないのにねー」ってあなたは横目を向ける。

「さあ、怖いかもよ」と私は顎を引き低い声を出そうと試みる。

右腕を押しながら、「昨日串カツ食べてきました。僕、新世界の串カツが好きで」

「そう。私、先端恐怖症で、串カツも苦手なのよ」

「えっ、うまいのに。またどうしてですか」

「小さい頃、不随意運動で、あっ不随意運動っていうのは、自分は動くなと思う、でも、その瞬間、意思に反して脳は動けと指令する。そして思わぬほうに体が動く」

「あまのじゃくな脳ですねー」

「まあね。で、三歳の頃、あまのじゃくな脳が、団子を食べている時に、首を動かし、串を口ではなく目に入れた。白目と黒目の境目ぎりぎりのところで、あと〇・一ミリ位置がずれていたら失明していたって」と流暢に話すことの爽快感を久しぶりに感じている私に、

「目刺し事件ですね」とあなたはぴしゃりと返す。

「めっ目刺し?」こっこいつ。

「それじゃー、これも怖い?」あなたは白衣の胸ポケットから、針を取り出す。

私はあわてて、起き上がる。

「僕、実は鍼灸師です」と針のキャップを抜き、目の前に突き出す。

「こらっ、その尖ったものを直しなさい。ったくあなたは、わからない子だわ」

「僕も治療中、勝手に起き上がる福本さんがわからない。でも、僕は針師」

「こっこれが、不随意運動っていうの」「うっそだあ、それは腹筋運動」

「針師は許容範囲じゃない！」とお腹に置かれた手を私はそっと払う。

うつ伏せになり、枕に顔をつけたその時、一人遊びに飽きだした男の子のぐずる声が耳に飛び込む。


「夕陽がきれいだ」治療を終えたあなたは、窓のカーテンを開け、伸びをする。

「まぶしい」って私はうるみかける目を閉じる。


落ちる夕陽も……ホスピスの部屋の光景を思い起こさせる。

夫は、高校世界史をここ数年教えていた。同僚たちと海外旅行も幾度かした。最期を過ごしたベッドの中でも、いろいろな場所に旅に出た。夫を見舞ってくれた私をよく知る友人に、「今、僕エジプトに行っていました」閉じていた瞼をゆっくり開けて言う。

夫は自身の筋肉と内臓を動かすシステムが働かなくなった。代わりに時空を舞う道具を得たようだ。彼は扇風機の風よりも、私たちが送るうちわの風を好んだ。再び、自らも想像できない場所に行き、「モンゴルの遊牧は……」と語る。

「いろんなところに旅してください。そしていつも帰ってきてくださいね。ここには待っている人がたくさんいますから」と、彼女は痛みが少しでも和らぐように、手の平でリンパマッサージをしながら言った。

「お帰りなさい」と風を起こしながら私は言った。


夫が逝った後も彼女は、しばらく私の身を案じて定期的に訪問してくれた。

「実は、父が癌で先日……せん妄の意識混乱がつらかった。ちなっちゃんと夫さんは、最期までしっかり穏やかに二人で生きてはったのに。あんなにいいせん妄に、いい夫婦に出会えて私……」と下唇を震わせる。

「他人だから、なんでも楽に見えるのよ。人って所詮……」

自分の思いで、人に寄り添い、生きることしかできない。

夕陽だけの明かりの中、夫はなにを考え、なにを見ていたのだろうか。

私は夕陽に、またいつか家族で旅行をする奇跡を願っていた。

## 専門家

私は治療室で、べそをかきそうになりながら言う。

「首が痛い。今日は体中ぱんぱん。体に力が入って抜けない。ほんと私ってややこしい。緊張のとり方、なにかいい知恵はない？　水も飲みにくい」「それはだって筋肉の問題じゃないですもん。専門家に……」「その言い草なによ。めっちゃ、むかつく。専門家って誰よ」「ふーん。僕じゃないってことだけは」「ドクターでもないよ」

言葉に詰まるあなたに私は一人でまくしたてる。

「ドクターも、小児まひ（ポリオ）と脳性まひの違いも知らない奴がいて、お前、仕事辞めろって叫びたくなる時がある」

「まあまあ、そんなに力まずに」

「ドクターはその病について専門的に研究しているだけ！」

「どうどうどう。興奮しないで」と手の平を私の背にあてる。

いつの時代もマスメディアは、ドクターを神のように崇めて、助かった一つの命の奇跡だけを語る。多くの障害者や病人が、体を預けて、医学に貢献させられたとは決して言わない。

自らの意思とは関係なく起こる不随意運動＝アテトーゼによって全身が支配されていく。緊張は体を硬くさせ、筋肉に痛みをもたらす。筋肉だけにとどまらず、骨の髄まで痛い。痛いから動けない。動かないから筋力も体力も落ちる。

西洋医学では、薬と手術による現状維持が限界。でも、首の痛みを放置しておくと、まず尿感覚がなくなる。首の筋肉や神経が磨り減ると、手も使えなくなり、自力で食事も取れなくなると脅す。

最初は痛み止めと弛緩剤に漬けられ、安静を命じられる。が、次第に薬を飲もうにも、水を飲むことが困難になる。一見、老人や子供が水を飲み込む時にむせるのと同じように映る。が、私は、水を飲もうとする意思に脳が逆らい溺れかける。水分補給の点滴の針も始終動く体には打てない。

ドクターは所詮、他人の体、簡単に首の手術を勧める。でも、首の動きを止める手術って？　元は脳の問題。けど脳の手術は不可能。首だけ固定させても、不随意運動が止まるわけはないのに。

で、首はどうやって固定させるって。手術の方法は、首と頭蓋骨に穴を開ける。その二つの穴を鉄線でつなぐ。理屈も方法も、なんて単純で原始的なんだろうと驚く。術後の頭からは、二本の鉄線が出たまま。映画『八つ墓村』の最後の場面を思い出す。同じ角仲間《つの》の鉄腕アトムやみつばちハッチのような、かわいいキャラクターにはなれそうにない。

「固定の器具も、鉄から軽いチタンに変わりました。体への負担もこれで軽減。手術はどうですか」とドクター。まるでテレビから流れるチタンのCMのように言う。チタン屋に騙されようかと、痛みに弱い私は思った。この時、夫は教師として忙しく、息子は中学生だった。

脳性まひ者の連れ合いさんを持つ、整形外科のドクターに相談した。彼は、「ここだけの話、今は待ったほうがいい。器具が変わったこともあり、ドクターは手術を勧めるだろうけど……」と声のボリュームを下げて言う。

「ひょっとしてチタンのデータが欲しい？」という問いを飲み込む。

「手術以外の方法も出てくるから」

それからまもなくボトックス療法やトリガーポイント療法などが世に出てきた。手術を受けた脳性まひ者の中には、やっぱり首が動いて、止めねじが外れて再手術をした者もいる。人の力は、別の意味ですごいのだ。尿感覚は残ったが、全身の筋力が低下して結局トイレで用がたせなくなった者もいる。

「首が痛くて……大丈夫かな」「ふーん。大丈夫です。僕は。あっ痛いを楽しいに代えて言ってみれば」「ほんとに、他人事。が、痛いを楽しいにか」

「っすよ。楽しいって。ハハ」ハハって？

「加えて、いよいよ」って胸のポケットの光る道具を取り出す。

「痛いのって病気なのかな」見せられたものは無視して聞く。

「病気なのは……」とあなたは自分の頭に、人差し指を立てる。

「うっわー。えぐいこと言うね。人権侵害」

むかつく微笑みを近づけ、今度は私の頭を両手に収めて。

「ここは、今まで放置してあったんだから、これからもほっときましょう。あまのじゃくな脳、曲がりくねった性格、それに素直に反応する心と体。だから、ふくもとは痛いんです。でも、痛みは僕がとります。必ず」って目を合わせる。

「必ず？」「いつか必ずね」

「あっ水は、飲めます。今なら絶対」と治療後、院のカウンターに備え付けてあるウォーターサーバーの水を、紙コップ二つ重ねにして私に持たせる。「強く握ってもこぼれない量だから大丈夫」と添わしていた手を放す。

「顎引いて、舌出さないよ。水を口に含んで、はい、ごっくん」「飲めた」トラブルなく体内に水分を送り込めたことがうれしい。私、初めて息継ぎができたみたいな誇らしい顔をしたのだろうか。

「ほらねっ。なんだってできます。ふくもとは」ってあなたは静かに頷いた。

「針も？」ってうかつな一言が私の口からこぼれた。

## 水物の話

料金不払いで携帯電話を止められている息子。昨日一日、私の携帯で、彼女と連絡をとっていたらしい。が、今日は私が携帯を持って出てきた。で、待合室、バッグの中で震えている携帯を開く。自分にきたメールを読むのは当然。「今日一日連絡なかった。別れよう」の文字が出る。

誰？　ひょっとして、これって息子あての彼女からのメール。がびーん。私のせいではありません。

でも、とっさに「ごめん」と返信してしまった。診察室の奥のスタッフ室からあなたが出てくる。「ちょっと待ってて、今、ベッドがいっぱいで。福本さんがメールってめずらしい。急ぎですか」と、受付のカウンターから首を突き出す。

「うん。息子の彼女」「仲いいんだ」

「いや、見たこともない。ちとノリで」ってメールしたいきさつを話す。

「うっそだー。ぼけた振りして成りすまし？　あーあ息子は悲劇」と呆れた顔になる。

「なに言ってんの。被害者はこっち。だけど喜劇」「最低だあ」

「どっちがー」と私は顔を上げる。

「ふくもとは愛のキューピッド？　腕が痛くなるはずだ」ってからかうように私の目を覗く。

「あっはは。いっそ、もっと口説こうか」「いいかも。アドレスに入っちゃったんだから」「女子大生よ。あっ！　あなたしなさい」「僕がしたら、それこそ最低じゃないっすか」「私も最初で最後」と携帯をバッグに戻す。

「ベッド空いたみたいです。こっち」と治療室に入っていく、

「ねえ。お酒って筋肉にいいの？　悪いの？　ワインを飲んだ直後は調子がいいのよ。けど、あくる朝、緊張がきつくって」ってあなたの背中を追う。

「あっそれって、寝る前に水分とってないでしょ。僕も二日酔いの時は、筋肉が硬い。アルコールが水分を奪って、筋肉に水分がいかなくなるんです、水飲んでください。ごっくんごっくんと水」と説く。

「でも、寝る前に水分取ったら、夜中おしっこに行きたくなるよ」と情けない声を出しながら、ベッドに上がる。

「はあ？　起きればいいじゃないですか。水分とって出しちゃってください」

まったく、ただでさえ、最近トイレが近い年寄りのお困りごとに無理解な奴だ。

治療の終わりがけに携帯が鳴る。

「ごめん、うるさいね」「はい、おしまい。彼女からのメール返さなきゃ。ほらっ」って押しだすように両手で背中をぽんっと叩く。

「うっ叩くな。漏れる」と急いでトイレに駆け込む。

「トイレでメール打ってるんだ」と声が上がる。

「打たない。くどい！」トイレの扉越しに怒鳴りながら、私は「間に合ったー」って胸をなでおろす。

## 追伸

この日の深夜、マンションで火災警報が鳴り響いた。

――ピーポーピーポーピーポー。火事です、火事です。この近くで火災が発生しました。安全を確認して、すばやく逃げてください――

こんな時に限って、息子の中学名が入ったTシャツに、夫のらくだ色の夏用股引というでたちだ。もたもた着替えだす私に、「おかん！　こんな時になにしてんねん」と息子が叫ぶ。

私がとった次の行動に、息子はさらに呆れる。私はパソコンのデータを、メモリースティックに落としていたのだ。「はあ？　どーでもいいやん。そんなこと。はよ逃げよう」と玄関に出る。「にいちゃん、お仏壇も」

「ええかげんにせえよ。なにが大事か考えろ。けど、エレベーター使われへん。階段かあ。お前、背負うのめんどいなー」と落ち着いた顔で言う息子。

廊下には心細そうに若い女性が立っている。ブルーの上下そろったルームウェアーにシャンプーの香り。携帯を耳に当てながら、「今、夫が下りて事情を」と声をかけてくれる。夫が……と言う時に、はにかむ表情が初々しい。

「誤報ですって」と彼女。

「そうかー。ありがとう。安心した。また、なにかわかったら教えてね」

「はい、わかりました」

「お隣さん、いい人でよかった。にいちゃん、誤報やて」

私の行動を見ていた息子は、「また、人を頼るやろ。それにすぐ丸呑みに信じる。まあとりあえず、このまま一〇分ほど待とう。また警報機がなにか言うから」と部屋を閉める。

息子は、迷うことなく自分と私の命を持っていこうとした。なのに、私は……。

後日、このことを治療室で話した。

「えっ、お仏壇より、お位牌やお骨は思い浮かばなかったんですか。まっ、大変な事態にならなくて、よかった」とあなたも冷ややかな顔をした。

# 春二　悲しみの置き場所

尼志願

父がお仏壇に手を合わせる。母に言われた御用、法要の大きな座布団が入った風呂敷包みを和室に置くと、そそくさと帰ろうとする。私が頼みもしないことを母の指令でこなす父。私は父が好きなので、なにを持たせても父だとお断りされないと、母は知っている。あーあ、またか。と思いながら、「ちょっと、待って」と玄関の父に声をかける。夫の履かず仕舞いになった靴を父に渡す。

「これ、一緒に買ったんや。俺がこんなん買ったって見せたら、僕も買ってきますって。昨日のことみたいや。かわいそうに。感謝して履かせてもらうわ」と父の目尻にうっすら涙がにじむ。

娘婿のことを過去の出来事のように語る。父と、時間の経ち方や悲しみ方が違うのがつらい。「かわいそうにって……。人間誰しも逝くんだから、明日のことはわからんよ。父さんも」とかわいくない娘になる。父には死なないでいつまでもいてほしい。が、「かわいそうに」という言葉に私はイラつく。

「かわいそうなのは私よ。夫がいなくなったことが、悲しくてつらくて」と心の中で叫ぶ。情けないが、私は父に甘えたいのかもしれない。

この日、夫の元同僚が、訪ねてきてくれた。夫を思い出し、手を合わせてくれるのは、とてもありがたくうれしい。だが、お参りしていただいた後は、疲れる。人は、「もう一年近くなりますねえ。お元気にされてましたか。だいぶ落ち着いたご様子で」なんて声をかける。これぐらいしか言えないことはわかっている。だから私も「はい、お気遣い、ありがとうございます」と言うしかない。

一年経とうと何年経とうと、夫に二度と会えない悲しみは消えない。悲しみは色あせるというが、私には信じられない。逆に、悲しみには終わりがないことを、思い知る。でも、「夫がいなくなって、落ち着くわけない。毎日弱い自分と格闘して、泣き喚いています」とは言えない。

夕方、「はあー、背中が重い。首が痛い」といつものように治療室に入っていくと、あなたが背中を丸めて、ベッドに腰掛けている。めずらしく二重まぶたで眠そうな顔だ。

「こらっ。そこは私の場所。が、おい、元気？」と肩を叩く。

「僕もいつも元気じゃないですよ」とだるそうに言う。

「今日は代わろうか？」と隣に腰かける。

「そうですか。じゃー」って、ベッドに座ったままで背中を付ける。が、瞬時に腹筋だけで起き上がり、「もーう、はやくコートを脱いで、うつ伏せになってください。でないと僕が寝ちゃいますよ。くぅー」って首をこくりと下へやる。「はいはい」とベッドによじ登る。

　私たちの声がやんだ時、ふいに二つ隣のベッドから、

「季節だけが過ぎていく。私はここに生きていないような……あまりにも突然で」と、か細い声が入ってくる。

「自分にご褒美を与えて。ゆっくりと」中年女性鍼灸師の力強いまるい声が返される。ここは守秘義務に少しかけた接骨院。時には、見知らぬ人の人生に触れることもある。私は季節も感じず、この世でもがいて生きている。でも、それは、ひょっとして私だけではないのかもしれない。カーテン越しの患者も手技者も、そして、毎日、力強く私の背を押すこの子も。

「シャンプーできてます？」右腕の肘をくるんくるん回しながら、問う。

「まあ……。これっ、遊ぶな。ほんと、やる気ないなー」「ご褒美が足りないんです。きっと」「ふふ」「さあ、するよ。やる気まんまん」と心地よく肩甲骨に親指が入る。

「シャンプーか。首も腕も痛いと面倒で。いっそ頭まるめて尼さんになろうかな。あなたはお坊さんって考えたことないの」「ないです。僕、頭の形が悪いですもん」

「私も、絶壁だ」「あっほんと」と背中を押しながら、私の頭を指ではじく。

「こっこれ、うざい」

数日前、ヘルパーさんにも「尼さんになろうかな」って言った。

「いいですけど、千夏さんは朝寝で、ヘルパーの私が修行するんでしょ。私、お寺の長い廊下、拭くのはきついからやめてください」と言われた。別のヘルパーさんには、「千夏さんは玄米菜食の献立たてて、作り方は指示できる。けど、毎日食べられますか」と。友人の直美には「何日もつか？」って。「いくら私でも数日は……」「ちがう。受け入れたお寺が、どのぐらいあんたに我慢できるか。まさしく修行よねー。私たちは修行積んでるからいいけど」と笑われた。

古くから私を知る別の友人には、「あのさー。尼さんって、どんな生活か知ってる？清く正しく美しくだよ。あんたのような煩悩の塊の人が」と半ば呆れられた。

姿見えぬものを見たがる。姿亡き者を欲しがる。悲しみも煩悩？

治療なかば、仰向けになった顔を見て聞く。

「亡くなってから何ヶ月になります」「えっ何ヶ月だっけ」指を折り、数える。「そこはすぐに答えなきゃ。なんで、いつも、そこで止まるかな」と首を左右に振る。

「月日の流れが、おかしいの」って早口になる。

「おかしいのは、ふくもと」

「生きてることは、修行です」天井を見つめ、神妙な顔をする。

「それは僕で、福本さんはなんもしてませんって」と人差し指でおでこをはじく。

「おっ言うねー。元気出たじゃん。人の頭をぴんぴんと」治療が終わり体を起こす。

「やりかえしてみ」ってあなたはうな垂れる。

右手の親指と人差し指を合わせて輪を作って。

「あっできない？　左手は？」って痛そうな表情を作っている。右手より一回り小さい、でこぼこの石みたいな形の左手の二本の指から、でこピンがはっしゃー。

「へなちょこだし」

## セミの抜け殻

カラスが静かな空に朝を知らせるのに鳴く。

「大学に行かなくても、学生のふりをして騙し続けてほしかったとさえ思う」と言葉に混ざってこぼれそうになる涙を懸命にこらえる。

「ったくお前はバカ。行かないのに学費だけ払ってどーすんの。あーあ。いつか、オレオレ詐欺に騙されるわー」と息子は、反感でもいたわりでもない、憐みに近い瞳をする。私は、唇が痙攣し肩が揺れる。

「にいちゃん、そこまで言わんでも」

「ひょっとして京大出の父ちゃんも気持ち的に自慢だったとか」

母の言葉にできないもどかしい思いも大粒の涙も、自分の胸に入れまいと、息子は頬をぴくつかせる。攻撃とは、ためらわず相手の一番手薄な部分をつく。そのことを、息子はどこで学んだんだろう。

「うん」と、私は相手に隙を与え続ける。

「アホかー。父ちゃんはそういうのが大嫌いで、決して自分からそんな話はしなかった。むしろ隠してたやん」と、論点がずれていることに気づかないふりをしたまま、自分の優位な方向に話を進める。

「だって私にはないもの」「はあ?」嫌悪感を含んだ大声を出す。

専業主婦が手に入れたい三つは、世間にいえる夫の職業、住まい、子供の大学名だ。男の子の母は、いつか社会に出る姿を夢見て、子供を育てる。そこにあるのは、自分が年老いた時のために頼れる息子像。が、夫のため、息子のため、孫のため、と称して、自分がもたれかかれる存在をキープし続けるのが主婦だ。自分は陰の存在で、決して自分は何者とは問わない、問わなくても楽に生きていけるのが、専業主婦の醍醐味。

「俺の○○大学っていうのも自慢だったたん。そんなたいしたことないのに」

「うん、だって私には入れない。高校、大学受験ですごいハンディがあった」

「それは言い訳やわ。うちの大学にも障害者おるよ。なあ……」一呼吸おき、途切れた一言一言をつなぐように言葉を発する。

「俺なー　大学　辞めて　バイト　しながら　受験　しなおす　生命学」

今年の大学の単位を登録していないこと。三日後にはパチンコ屋のアルバイトの研修が始まることを事後報告として受ける。

「へっ」出口のない怒りをどこにもやれず、私はぎりぎりと奥歯をかむ。

「私、なんのために……」と、わめくはずのその声に、怒りが込められない。

「世間か?」と幼い子供が、親を小バカにした時のような口調だ。

そうよ。親は一番、子供の前に立ちはだかる世間。いや、世間を知っているから、世間からわが子を守ろうとするのが親なのだ。世間並みに育て上げたはずなのに、どうしてこの子は……。目の前の異物よ、消えろと願う。心にふつふつとアクのようなものが煮えたぎる。これが殺意というものかもしれない。

翌朝、ずきずきと首が痛い。治療室、背中を丸めて入っていく私の顔を「一段と痛そうですが、なにかあった？」とみる。あなたは決して即答を求めない。

「まあ……」と私は沈黙の中に思いを込める。一人息子に大学を辞められた母親の喪失感を語るにはあまりにつらい。大学をきちんと出て、鍼灸師の国家試験をクリアし、毎日、患者に向き合いながら、いずれ教壇に立つだろうあなたには……。

治療が始まった時、私、きっと今、この子に見せる一番嫌な顔してるって思った。仰向けになる時、ハンカチで顔を隠した。

「あのーハンカチ、邪魔なんですが。なんで今日は顔を隠すんですか」

「あのー、私の顔よりハンカチ見てたほうがいいと」「そんなこと言ってないじゃないですか。あっ痛いってしかめる顔を見られたくないからだ。それにハンカチがずれてるし、意味ない」「いやなの。今日の顔」

痛いって言う顔はいい。私は患者だ。でも、わが息子とよそ様の息子を比べる顔は醜い。

「いつもと変わらないですよ」

「私が、やなの」と言った拍子にハンカチがはらはらと舞う。

「だから」と腰をかがめて床のハンカチを拾う。

「僕を無駄に動かして……あっ福本さん最近筋トレしてます？」

とっさに答えを返せずにいると、「どうせ、していないんでしょ」と話を続ける。

「教わった足上げ腹筋は続けてるよ。誰かが無理に食べなくてもいいって言うし、パンツのサイズがツゥーサイズ落ちて、洋服、全部買い替えた」

数ヶ月前、スーパーで食べ物を見ただけで胃液が上がってくる患者に、「なに、無駄食いしようとしているんですか。食べたくなければ食べなくても大丈夫です」と言った。無責任なクソガキが、百の言葉や定説を煮詰めて一言にしてしまう仙人に見え、私は食べる義務感から解放された。

でも、「ふーん。やりますね。ついでに顔も買い替えれば。顔歪んでますよ」

「へっ」今、こいつ、なんってった？と目をむかせる。

驚いて開いたままの私の顎に手をやり「顎に針打たせて」

「絶対、やだ」こんな奴に……。

「歪み、とれます」

「もーう。世の中、まっすぐなものばかりじゃない。歪んだものもある」

「ないです」と、きっぱり言う。

「じゃー、まっすぐなものはなによ」

「僕の心です」

「そっかー」沈黙の中から少しドギマギしながら投げ出した言葉を、私は丁寧に拾いながら微笑む。

「あっ、歪んでもまっすぐでもないいんだけど、セミの抜け殻が三つ、去年の秋から落っこちなくて。今日最後の一つになってて」

「誰かがくっつけたとか！」と謎が解けた小学生のような声を出す。ほんと私ってやれやれと心の中でそっと苦笑いをする。

「またー。ふくもとはそんな歪んだ見方をする。樹の上。人が届く位置じゃない。最後の一つ、なんで落ちないいんだろう。もう、春なのに」警戒しながら探究する小動物みたいに、あなたは首を横に傾ける。

「落ちたくないからよ、きっと。私、わかる」

「福本さん、セミの抜け殻ですか」

「うん」お腹から息を出すのと一緒に出る声だ。

「いつか、落ちますよ。それに……抜け殻はどこにも行けない」って呟く。

「しがみつきたいの」

「あーあー。今頃、吹き飛ばされてるわ」

大きすぎず小さすぎない声が治療室に響く。あなたって、ほんと……。

## 涙の理由

窓越しの空は曇りぎみ。あっ。私はあわててマスクをつける。

あなたは、「ど、どうしたんですか。マスクなんかして。それも今」とぽきぽきと指を鳴らす。

「豚インフルエンザ」

「通報します」と、治療室に入る私の前に立ちはだかる。

「感染しません」と言いながら、すばやく私はベッドに潜り込む。うつ伏せた枕に、水滴がつく。

「動きはやっ」ひくひく動く背中には触れずに、ふくらはぎを掌で伸ばし始める。

「なに？　また、息子と殴り合い？」

「違う、この曲……」

ホイットニー・ヒューストンのオールアットワンスが流れる。

「いい曲だあ。僕好きですよ」

この曲は、私たちの結婚式に、歌手を志していた友人のA子が歌ってくれた。彼女の素直で温かい歌声は人の心を打った。が、機械を製造する仕事に変わって間もなく、彼女は対人恐怖症にかかった。天真爛漫の笑顔からは、信じがたい病名だった。

「良くないことが重なって、声が出なくて、歌えなくなった時期もあって……」

友人は「今はなにもできない」と電話口でため息をついた。

この時、私は教員になったばかりの夫の赴任校の近く、大阪と和歌山の境目の海が見える教職員住宅で乳飲み子と生きるのが精一杯の毎日だった。

「電話とか手紙とかするのもきつそう?」と私は聞く。

「うん、症状よくない。うちらもそーっとしてるしかなくて」

「わかった。落ち着いたらまた連絡して」と受話器を置いた数ヶ月後、彼女の死の知らせが届いた。

私は、彼女の苦しかったであろう声を、聞こうとしなかった。友だちなら、対人恐怖症という病名と症状を聞いても、歌でなく声が聞きたいと伝えればよかった。

息子を実家に預け、黒いレースのワンピースにあわてて白いスニーカーをはいて葬儀に走った。庭でセミがけたたましく鳴くご自宅でのお葬式。悲しみだけではないなにか張り詰めた空気が漂う。まさか? 一番親しい友人やよいに、「本当に病死だったの。今は泣かないから教えて」と静かに詰め寄る。

「あんたは、仲良かったし……あんたが察しているとおり、A子逝きます言うて、踏切りに……」と力なく首を前に垂れる。

「なんで、みんな隠すの。最期ぐらい」

「最期っていうけど、彼女はいない。病気に関しては、家族も理解がまったくなかったとも……入院を希望していて、ベッドが空いていなかった。タイミングが」

「それって」私は言葉を詰まらせる。家族ってなに？

彼女は、幼い頃から家族との微妙にずれた心の距離に苦しんでいた。彼女が悩んだ家族。そんな思いを歌にこめた。なのに、神は彼女から歌声を取り上げた。誰が彼女の命を絶ったんだろう。ぎゅーっとくちびるを噛み、こみあげる涙を畳に静かに落とした。

このあと、私は、妊娠中以外止まらなかった生理が、三ヶ月止まった。命を感じる子宮が命の営みをやめた。人が死ぬことを、身をもって自分の痛みとして感じた。偏見に満ちた幼い自分を後悔しても仕方がない。私は結局、彼女にも夫にもなにもできなかった。人は逝く。そして、人の心は、別れも告げずに逝った人を追ってしまう。

「いつまでも、下ばっか見ない。上を向いてください」ってあなたの声で、鼻水と涙でずるずるのまま、私は仰向けになる。座ったら、右手より一回り小さいでこぼこの石みたいな左手の甲に水滴がぽたぽた落ちた。

「今日は、泣き散らかしましたね」

涙の理由を私は言わない。涙のわけをあなたは聞かない。

## ガールフレンド

「おばちゃん！」と、高槻の商店街で聞き覚えのある声がかかる。

「えっ？　麗ちゃん」と目を丸くする。「なにしとん。こんなところで」と、ショッキングピンクに星をちりばめたネイルが安っぽくなくかわいく光る。

「おばちゃんは、今、修ちゃんと、あっ友だちと映画を見て出てきたところ」「あっはは、まんまやん。麗は、ジャズフェス。この街一帯で今日からやってて、これから深夜にかけていろんなジャズステージがあるねん。麗の先生が歌う駅前のサファリーっていう喫茶店に行くとこ。そこはスローフード、スローライフを考えるロハスの物品も売ってるええ感じの店やで」

「ふーん、楽しそうやな。おばちゃんも一緒に行っていいかな」

「ええよ、な、ここちゃん」って隣にいる女の子に聞く。

「かまへんよ。一緒に行こ」「お邪魔しまんねやわ」と二人の真ん中に割り込み、両脇を抱えてもらって、足踏みをする。

「うん。両手に花や。修ちゃん、もうちっと遊んでいくわ」

修ちゃんこと修子さんは映像関係の仕事をしている。ピンクの髪にオレンジのシャツと麻のパンツが似合う。一回りお姉さんの彼女を、私はなぜか出会った時から修ちゃんと呼んでいる。「ええな。楽しみなさい。私はこないだ広島で撮ったビデオの編集するわ。またね」と修ちゃんの腕からギャル二人の腕へと移る。

「ファンキーなおばちゃんやな。心美《ここみ》と申します。よろしくお願いします」「はじめまして、千夏です。よろしく。年は……今日は二〇歳です」

「おばちゃん、それって龍ちゃんの年」と軽く肘鉄を入れられ「そうだっけ」って首をすくめる。

「あいかわらず、自分の年も息子の年も忘れて。あっ龍ちゃん、大人になっててびっくりした」「あっお葬式の時はありがとね」「でも、外に出てこれているんや。もうすぐ一年やもんな」「うん。さあー、次いってみようって」「おばちゃん、早すぎ」「言うだけ言うだけ」「あたりまえ！　でも言うとき言うとき。そのうち元気が出てくるわ」

「展開はやー」ってここちゃんが二人の間で目をきょろきょろさせている。

「麗ちゃん、ここちゃんに説明してあげて。おばちゃん自分で言うと泣けてくる」と目頭を押さえる。

「話すのが、めんどくさいだけやろ。あのな、このおばちゃんには、龍ちゃんっていう二〇歳の息子がいてはって、去年の夏、おじちゃん、あっ、だんなさんを癌で亡くしはった。もともと、うちのおかんとおじちゃんが昔からの知り合い。おばちゃんとおかあはんは、体のキャラがかぶっている。麗が小さい頃は、家族ぐるみでよく遊んだ。あっ着いたわ」って山のペンション風の大きな扉の前で足を止める。扉を開けると同時に、コーヒーの香りが立ち込める。私は、ステージからは遠いが、楽な体勢がとれる、後ろの畳間に靴を脱いで足を投げ出す。

「麗ちゃん、あんた歌うたってるん。小さい頃、オルガン一緒に弾いた記憶はあるけど」

「最近やから、人にあまり言ってない。ここちゃんともう一人女の子がいて、三人でバンドやってる。私、メインボーカル。あっ、ステージが始まる。うちら、前に行くけど、おばちゃんは、その辺転がっときな」「バンドかー」「おばちゃんも、若い頃バンドやってたんやな」「うん」「かっこいいで、このバンド。ほな」

『A列車で行こう』などのスタンダードジャズを、かっこよくアレンジされたピアノの音に重ねて熱唱。夫の死後、初めて心がワクワクする。

「麗ちゃん、ここちゃん、音楽っていいよね」って左右に体を揺する。

「あっはは、踊るんならステージでどうぞ」「音楽終わったし」「なら、この後の神社のライブで踊る?」「ええの」「そんなこと、ぜんぜん思ってないくせに、今さらなにいうてんねん。神社はちょっと遠いけど大丈夫やな。ここちゃん、いいよな」

「ぜんぜんいいよー。このおばちゃん、おもろいわー。龍の嫁にどう？　って口説きはるし」「おばちゃん！」

「ごっごめん。いい女を見るとつい口説く癖が。で、麗ちゃん、そのおばちゃんっていう呼び方、なんとかならへん。千夏さんとかちなっちゃんとか」

「調子出てきたやん。おばちゃん」と白いシャツから関節が見える程度に拳を振り上げて言う。「もーう」と私は口を尖らす。

神社の木の下に、三人並んで座る。

「おばちゃん……この中に麗の好きな人がいる」乙女の声と一緒に心地よい風が吹く。

「そう。おかあはんは知ってるの」「写メは見せた」「そっかー。今日は、おかあはんの代わりに、おばちゃんが実物見とくわ。お父さんは知ってる？」

「刺激がない範囲で言ってある。お父さんは、麗のことが大好きやから……龍ちゃんは、彼女とかいるん」「さあ、今は、いないみたい」「ふーん。ちゃんと学生してんの？」「それが……あの子、今月はじめに大学辞めた。おばちゃん、ショックでさ。人にもなかなか言いにくくて、苦しいわけよ。親の勝手と言われようと、子供の自由と言われようと、きついわけよ」

「勝手なもんです。子供は。麗も、遅まきながら、やんちゃを覚えたお嬢です。ただ麗は福本ファミリー好きだったよ。おじちゃんもおばちゃんも龍ちゃんも。あっ、出てきた。おばちゃん、前行こ。踊るんやろ」と手をとる。

「おばちゃんだけは、龍ちゃんがなにをしていても、なんになっても……」

好きでいてあげやっ、と麗ちゃんの横顔が言う。

「ありがとう。今日は楽しかった。ちと元気出たわ。でな、もうすぐ、おじちゃんの一周忌なんよ。麗ちゃん、その時に歌ってくれへんか。それまでにあんたたちのライブ聞きに行くわ」

「けど、一周忌ってお寺でするんやろ。寺でライブって、聞いたことはあるけど、やったことない。ええの」「うん、音量さえ考えたらいいと思う」「おばちゃんがお世話になってる住職は、すてきにファンキーなんや」「うん」「なら、喜んで歌わせてもらう。機材とかリハとか、メールで話しつめていこう。よろしくお願いします」「こちらこそ。音楽って……ええな」「うん、音楽に感謝。おばちゃん無理しなや」

駅の改札口、私の姿が隠れるまで、見送ってくれる二人のガールフレンド。

## スイカ

夕べ、教習所の試験に落ちた息子は、機嫌が悪かった。

「あのさー。受験って一点でも足りなかったら落ちるの」

「なんでそういうことしか言えないん。俺、落ち込んでるのに。それに一点とちがうわい。二点や」おいおい、そこか？　と突っ込む気にもなれず、真夜中にピザトーストを作り出す息子の横に立つ。トマトを切っていたナイフを「おい」と私に向ける。

「にいちゃん、冗談でもそれはあかんわ。殺人で一番多いのは家族間なんよ」

「ジョーダンやん、それにナイフで殺人ってありえへん。おかんも食べる？」

「私はいらない。なんだか熱っぽくて」

「おおー。新型インフルちゃうん」

「かもね。今は微熱やけど、静かにしてよね。歌わんでいいし。そうだ、私、寝てたんだ」

「ふーん、そうなん。けど、寝てんだか起きてんだかわからんて、やばくない？」

「もーう。あんたの歌に起こされたんでしょ」って寝室に戻る。

翌朝、息子はとっくに起きているふうだ。いや、寝ずに朝を迎えた？　また歌っている。

「龍。歌、聞いてほしいの？　えっ、またピザトースト？　私、スイカが食べたいんだけど」

「スーパーまだ開いてないいし。熱まだあるん？　とりあえず、コンビニで買えるもん言え」とずたずたのスニーカーをスリッパみたいに引っかけて、廊下に足音を残す。

数分後、スポーツドリンクとアンパンと、なぜかカロリーメイトが枕元に置かれる。

「氷枕替えたろか」

ぶ、不気味なくらい優しい。どうしてん？　の一言を「ありがと」に換える。

「行くわー。教習所」

「えっ、うそー、もう行くん」

「またな」


スイカ……。

昼下がり、汗をかいて熱を下げようと、浴室暖房を入れ足浴をする。夏の田舎の縁側で、いとこたちと食べたスイカの味を、ふいに思い出す。

私は学童期、夏休みの大半を、母の里である福井の海で過ごした。

「チーちゃん、スイカなんてよく食べるなあ」いとこのひろちゃんは言う。

「甘くておいしいよ。スイカ」

「ふーん、そうか。俺は食べない。種が面倒だ」と種を指ではじく。

私……スイカの種、とってあげられない。この瞬間、ひろちゃんのお嫁さんになるのは無理だって、膨らみかけた風船がしぼんでしまった時と同じような気持ちになった。

「種なんて、のんじゃえばいい」と怒ったみたいな声になった。

「へそからスイカの芽が生えてくるわ。俺、それ、夏休みの観察日記にしよう」

「えっ」と、あわてておへそを押さえる。

「ははは｜」っていとこのひろちゃんは同い年なのに、いつも年上の笑みを浮かべた。

蚊帳の中でするひろちゃんの怪談に、一〇人のいとこたちは毎日キャーキャー言った。そして、三つ下の妹と私の間で布団を敷きながら「みんな、おしっこついて行ってやるからな」って、一番背の高いひろちゃんが電気を消した。

スイカが嫌いなのも、小さい子の手を引いて夜中にトイレに行くのも、ひろちゃんがおねしょするからなんてこと、誰も思わなかった。スポーツが得意で、学業もルックスも良いひろちゃんは、体育の先生になりたいと思った。が、生まれつき腎臓が弱く、この夢はかなわなかったことを、私はずっと後で知る。


夕方、治療室に向かう。暖房が効きすぎた部屋にいた時のような熱っぽい顔に、五月の風が当たる。なんだか心地よい。

「あっ痛い。手加減して首絞めて」

「手加減はしません。治療ですから。あれっ今日は少し……」

おっ！　お気づきか。と言おうとする顔に、おでこがぶつかるぐらいに近づき、「お酒、飲んでる？」

「うーん」と唸り声を出す赤く染まった額の上のほうに、「なに、風邪？」って言いながら手を当てる。

「うーん」「ちゃんと、答えて。怒るよ」「うーん」「殴りますよ」って拳を握って、フックを顎に入れる真似をする。

「だって微熱ぐらいでいちいち病院行かないし、わからん」

「これ、微熱じゃないよ、検温しなきゃいけん！」とお里を知る語尾が飛び出る。

「あなた、愛知産？」「そうですけど」わちゃー。名古屋の御嫡男か。発熱なんて日常茶飯事の私は、このことのほうが一大事だ。

僕もすこし騒いでみただけですよ、という顔で、

「あっ福本さん、僕、一度聞きたかったんですが、よく出産に耐えられましたね。スイカを鼻から出す痛みだって言われているけど」と質問を変える。

「うふふ。スイカねえ。でも、それって、想像できる？」

「できない。五百円玉を鼻から出す痛みは、想像できるけど」

治療が終わり、私はベッドから起き上がり、話す。

「あっは、五百円玉はリアルで痛いわ。が、スイカは絶対想像できない。だからできたのよ。でも、二人目を考えなかったのは、体験して痛みを想像できたから」

「だけど、安産とか難産とかあるんじゃないですか」

「痛みなんてその人だけが感じるものでしょ。たとえ、安産でした。よかったですね、な

んて言われても比べようがない」「うーん。確かに」

悲しみも同じ。夫がいない世界では、私は決して生きていけない。ホスピスの中での暮らしが永遠に続くと信じ、もし夫に最期の日がきたら、その日が私も最後の日だと思っていた。

でも、私は死んではいない。

夫の冷たい唇も、遺体を焼くことも、お骨にすることも、夫の声が二度と聞けなくなることも信じられなかった出来事だ。

私は、日々違う悲しみを、想像できないから、生きてこられたのかもしれない。

## あじさい

夜一一時。静まりかえったリビングに宅電が鳴り響く。

「今すぐ、下に降りてこい。免許取れた。どっか連れて行ったろ」と、受話器越しの息子が、喜びを抑えて大人びたふうに言う。マンションを背に突っ立っていると、「おかん、こっち」と声がかかる。風の抵抗を受けるのが精一杯の体なのに、しっぽを振ってついていく自分に、笑ってしまう。

「どうぞ」と息子は車のドアを開ける。我が家の車と気づかないくらいピカピカに磨かれている。車内もきれいに整頓されチリ一つない。ゴミ箱をひっくり返したような部屋の住民がしたこととは思えない。

「あんた、ここに住んだら」「もーう、お前はほんと……。家の雑巾ほとんど使って、三日かけて磨き倒した」「やるね。新車同様やん」と私は助手席に乗り込む。「あっ動いた」「当たり前やろ」と少し自慢げの顔をする。

「父さんの時も動いた瞬間、感動した」

もう戻らない、まだ懐かしいと感じられない時間が、今日は思い出せる。

「ほんまにお前って、感情だけで生きてるよな。車は動くんじゃないの。俺が運転してる」「だから、それがうれしいんよ」

父さんの横顔が消えても、君の横顔が車中で見られるなんて。

「免許、間に合ってよかった。あと、数分でおかん、誕生日やろ。ドライブがプレゼントや」

うるっとなりながら、窓に顔を向けて言う。

「ご飯もガソリンもこっち持ちじゃん」「そこまではまだ」「あっはは。いつかね。期待してるよ」「腹減った。とりあえず、なんか食いに行こう。六甲の夜景を見ながらフランス料理でもどう」「いいね。が、それは彼女プランということで。それにこの時間に開いているのは、ファミレスかラーメン屋」「おかん、ノリ悪すぎ」「人生の初ドライブなのにね。

まっ、相手が私だし、かっこつけることもなかろう」

だが、ものの三分ほどで、私はぎゃーぎゃとおたけびを上げる。

「あの標識って行ったらあかんかったかな。おかん、どっちに行ったらいいん。うわっ、一方通行や。どないしよう。ここどこ？」息子がおろおろしだしたのだ。

「免許もない超方向音痴の私に聞いてくれるな」

二人、三〇分ほど同じところを回る。

こっ、こいつ！　が、まあ私の子でもあるわけだからしゃーないかっ。ふうーって、冷や汗かいて命預ける変態母は、背中がバンバンに張ってくる。やっと、ファミレスの駐車場に車を止め、「トッ、トイレー」って息子が用をたしている隙に、出てきた水で隠し持っていた弛緩剤を飲む。窓越しに、車が行き交う道路を見下ろす。

「俺ってすごっ。今まであの中を走ってたんや」と、満足気に足を組む。

「たとえ、ここがどこかわからなくても」「ったく。ほんまにお前は。後で店員さんにこの住所聞いて、地図見るから。あっ！　いくつか知らんけど、誕生日おめでとう。けど、父さんのすごさ、運転してみてわかったわ。俺が急にあそこに入ってって言っても行ってくれた。あと何分で着くのってよく聞いたけど、怒らんかった。俺、そんなん絶対無理やわ」「そっかー。自分でやってみて、わかることってあるよね」

テーブルに運ばれる料理を平らげる。こんな食欲は何日ぶりだろう。

「帰りは家にまっすぐ帰ろう」「えっドライブやん。まっ今日中には。道はいろいろある」と地図を閉じる。まったく、こいつは誰に似た？

ロックバンドの話をする息子の声が遠ざかる。膝をゆすられて、

「おかん、金」「えっ、ここどこ」「スタンドや。ガソリン入れたいからお金ちょーだい」

「あっ。そっそう」「けど、あんだけぎゃーぎゃー喚いてたのに、爆睡か。起きとけって」

「あっはは、ごめん。おなか膨れて薬効いてきたら、つい。あなたを信じてるってことよ」「都合ええな」「お互いね。あっあじさい」

ガソリンスタンドの横、三輪のあじさいが咲いている。「あれ、何色かな」黒い輪郭だけのあじさいを、車のライトで照らす。

「紫？」「ちゃうやろ。ピンクやろ」

夜が明ける前の澄んだ風が、車内に入ってくる。

「きれいやな。にいちゃん、ありがと。こらっ！　釣りはよこせ」「ありがとって」

「それとこれとは別。夜が明けるー　はよ帰ろ」


あじさいは夫と車中で最後に見た花。

最期となった初夏、癌ワクチンと併用して漢方薬治療をしていた。家にきていた実父母に、元気な姿を見せたかった夫は、自らの運転でこの日、東洋医学研究所という看板を目

指した。

うっそうと生い茂る木の庭の奥に、日本家屋の診察所がある。やせた腕で、「つうー」って声と息を吐き、ずしっと重い戸を開ける。白衣姿の眼鏡をかけた年配の女性が、診察室に招く。「今までの経過は、桑名ドクターから聞いています。今の状態を伺いながら、体全体を診させていただきます」と問診票にペンを走らせる。

「癌細胞に対抗できる薬を……」と診察台の夫の瞳は力尽きていない。いや、夫の目は最期の一瞬まで力尽きることはなかった。

「希望はあります。ご主人はあちらでお休みいただいて。奥さんは生活での注意事項や薬のせんじ方の説明が」と言う女医と、膝を突き合わせる。

「患者さんには最期まで希望を。でも、奥さんは覚悟を。あとはいかに苦しまずに……携帯にいつでも連絡ください。私のできることは……」「先生、あの薬は?」「癌に抵抗します。痛みも少しとれると」

女医は、ふらつきながら懸命に立とうとする私を支え、「女なら、遅かれ早かれ、誰もが経験しなきゃいけない。しっかりね」と耳元でささやいた。

ドクターからのこの手の告知は、何人目だろう。歯を食いしばり、後ろを振り返り、笑顔で診察室の戸を開ける。扉の向こうには、力を振り絞り生きる夫の姿がある。私はどんな医学的常識も、悲惨な告知も、もろともせず、目の前の夫に微笑む。この人がいてくれることがすべてと、心から笑えた。薬を受け取り、「帰ろう」って手をとる。家に着く最後の四つ角で、「あっ、あじさい。見て見て。きれいだよ」と言った車の中の指先を、夫は見ただろうか。

息子の横顔とピンクのあじさいが、誕生日にそっと告げた。悲しみの色も、いずれ変わっていくと。

## 結婚記念日

私たち家族は、ある一時期、学生ボランティアを迎え入れていた。その中で、卒業後も年賀状という形でつながり続けたのは、むっち・みさ・あこの三人だった。夫の死を、喪中はがき一枚で知らせたくなかった私は、一周忌のお知らせもかねて、三人それぞれにすこし長めの手紙を書いた。

むっちは、実家の隣町の県職員になり、市民課から農業促進課にかわり、太陽と牛と格闘する毎日。みさは、結婚し家事と仕事の両立に忙しくしているという報告をもらった。あこは、福祉施設などに貸し付ける時の調査員で出張も多く、去年から部下も二人持ち、すっかりおっさん化しているらしい。彼女は手紙にとどまらず、メールや電話も時折くれるようになり、一人きりの結婚記念日に、顔を見せにきてくれた。

「千夏さん、ごぶさたです」玄関でぺこりと頭を下げる。

「うわー。あこは変わんない。と言いたいが少し……」

「年取りました？　あれから一〇年。三十路ですもん。千夏さんは？」私も懸命に生きてきました、と書かれた顔を真っ直ぐに上げる。

「私は変わりようがない。あっ今日はありがとね」

「いえいえ、会える時に会っとこうと思って。けど、結婚記念日に、私なんかでいいんですか」とベージュのショートコートを軽く畳み、リビングの端に置く。

「あこがいい。家族みたいに、食卓を囲んでたもの。あっ今日は、あの人の代わりになりなさい」と少し快活な命令口調になる。

「代役、務まりますかね」

仏壇に手を合わせて、初夏のかわいい花かごを供えてくれる。

「スポンジなので水の替えは不要。千夏さん向き。さあ、なにから手伝いましょうか」と腰にエプロンを巻く。

「なにからなにまでわかっていてくれて。その上気働きまで」

「それなりのお付き合いですもん。あっ足芸も健在で！」

首が痛くて前かがみになれず、足でタオルを取る姿を、数十年前のテレビの再放送をみるように懐かしむ。

「そうそう。それ、一昨日、あこから電話があった後、本棚から出てきた」と、我が家に来た学生たちが気ままに書いたノートを指差す。

とうもろこしの皮をむいていて、「これってどこまでむくんですか」って泣きそうになった子は婦人警官に。体調が悪い時の授業参観。「千夏さん、今日はせっかく車椅子なんだから、ハイヒールとスカートでも履いてくださいい。僕、車椅子を押すのは初めてですが、安心して」と言った子は、数年後、選挙で街頭演説をしたと風のうわさで聞いた。いろんな子がいて、いろんなことがあった、家族以外のつながりもあった我が家だった。

結婚記念日に、夫が忘れていた宝物を届けてくれた気がした。

淵がぼろぼろに朽ち果てたノートを読みながら、「わっ私、龍ちゃんにアルファベットを教えてたんだ。あとはおいしく食事したとしか書いていませんね」と洗濯物を前に言う。

畳み終えるのを待って、「ご飯にしょ。おなかすいたでしょ」と声をかける。

「あの頃とおんなじだ。私、今思うと、福本家にご飯食べにきていたようなもんでした。お料理を教わって」とサラダを盛り付ける。

「ワインは冷蔵庫の白」「千夏さん、ひょっとして、このワインを開けたくて私を呼んだとか」「ばれたか。まあ。結婚記念日なんだし」と、リビングから叫ぶ。

「ちょっと待ってくださいね。うわー、この白ワインいい匂い。千夏さん、あさりの酒蒸し、味付けして。あっ、夫さんのお面、かぶりましょうか」とはしゃいだ声を出す。

「ほんとだ。作るの忘れたわ。でも、あこの顔がいい」「えっ、もう酔ってます?」

「うれしいよ。また、あことこんなふうに……カンパーイ」

「私もですよ。千夏さんちのご飯、おいしい」と。ちらし寿司を頬張る。

「なんだ。そっち? そこは、あこ、変わってないね。社会人になってからは、障害者の介護とかしてないの」

私は少し奮発したブリーチーズに手を伸ばす。

「ないですね。そんな接点というか出会いもないですし」「ふーん。そうかもねー。出会いだよね。で、私との出会いでなにか変わった?」「うっふふ。千夏さんと出会ってからは、障害者がみんな千夏さんみたいな人ではないと、気をつけるようにしています」「うっ、なに。それっ」「千夏さんって……どんな状況でも、悲壮感を感じさせないもん」「なに、要するにバカじゃん」と首を振りながら、寿司をスプーンで口に運ぶ。

「いや、そりゃー今も、もがき苦しんでいるんだろうけど」テーブルにぶちまけたものをティシュで素早くまとめてくれる。

「そうだよー。あこが帰ったら、今夜は気を失うぐらい泣くよ」

「その姿は想像できます。でも、涙と涙の間に一瞬笑って、キラッと輝く涙というか」

「えっ?」「うん、でも、なんだか、生きてるって感じがするんですよ。昔から。あっ」って空になったコップにワインを注ぐ。

「まあ、死ねないからね」と私は勢いよくワインを喉に流す。

「でなくて、生きてるんですって。千夏さんは」

再会の時は早く過ぎ、気づくと陽が沈んでいる。

「あっ私、今日、接骨院に行くんだ」

「なら送っていきますよ。えっもうこんな時間」

電車の中、痛みを数時間とる向井理似のあなたの話をした。急ぎ足になる横顔に、

「あこ、なんか中学生の頃、部活してる男の子を覗き見しにいくあの感覚じゃないか」

「ですねー。このどきどき感、何年ぶりだろ。どんな人だろう。挨拶しなきゃー」と二人の乙女は風を切る。

接骨院のガラス越し、受付のカウンターでカルテを書く頭を指さす。

「あの子ですか？　きゃーこっち向いた。うわっ、確かにかわいい！」

「入って挨拶する？」「今日はやめときます、また近いうちに」「じゃ。またね」

あわてて靴を脱ぎながら、

「今まできれいなお姉さんと一緒だった」「だから、今日はぎりぎりなんだ。その人も入ってくれたらよかったのに。聞いたら気になるじゃないですか」

「だよねえ。で、ごめん、飲んでる！」

「酒気を帯びた方は当店には」

とセリフを吐くあなたの横を、私は通り抜ける。

## 六月の空

雲を含んだ灰色の空が、夕方には、落ちる太陽で鮮やかな朱色になる。

「今日は痛みどうですか」と問われ、「天気もよくなかったからかな、きつい。こんなに痛かったら、明日はここにこれないかも」って言いながら、治療台に脚を掛ける。

「連絡だけはしてくださいー」「あのなー」「ふん？　なにか」

「昨日の少し元気だった私は、今日の私ではないのよね」と心細い声を出す。

「なら、今日の福本さんが、明日には豹変、激変していることも……」「なに？　それってひょっとして励まし？」「微妙でしたか？　明日こないなら、今日は少し針しましょうか」って手には針が光る。私の手には冷や汗が光る。「やだ」

「痛みが取れるかもしれないのに」と自信ありげの顔に、私は遠慮がちに告げる。

「こないだ腕に、一本いっとく？　って初めて針してもらったところが、小さくあざになっているのよ」

「えっ見せて」ってキャミソールの紐を少しずらす。

「私かな」横目であなたの顔を見る。

「いや、僕です。すみません、未熟者で」

「あーあ。傷物だ」

「あざは初めてだ。一日一個目標にしましょうか」

謝るがへこまない。しなやかでしたたかなバージン鍼灸師に、「あざ治療、ほんとに私だけ？」とほくそ笑む。ふふっとあなたは頭をかく。

私も若かった頃、社会福祉の学生ということで、自閉症児の見守り、施設でのバイト、作業所でのケースワーカー見習いなど、人を相手にお仕事させてもらった。あの頃、知らずに人の心を傷つけたり、人の体に恐怖を与えていたのかもしれない。思い返すと、恥ずかしくてまっ赤になりごめんなさいとしか言えない。それより数倍ありがとうございましたと、今は言いたい。

「ごめんなさい」と腕をさする君は利口だ。思わぬ力が体に入る患者のせいには決してしない。この子となら、痛み軽減の効果ある共同作業ができるかもしれないと予感した。その時、君は全神経を指先に集中させた。

「しばし、策を変えます」と針を指と指の間に挟み、右腕の付け根に浅くなんどもさしはじめる。

「これならあざにはなりませんから。針を筋肉にちりばめるから散針《さんしん》っていう技法です」

と秘策を出したその時、受付の電話が呼ぶ。「ちょっと待ってて」と私の腕を放つ。いつもより、長めの語尾の高めのトーンで受話器を持つ。

「お待たせしました。あっ痛かった？」と少し目が泳ぐ私の異変に気づく。

「電話の音」ポツリと吐き捨てる。

「福本さんが電話はだめなのはわかりますが、呼び出し音も？　家ではどうしてますか」

「電源抜いてる」なんの問題もないというふうに私は答える。

「だからかー。こないだ、時間がずれこんで四〇分ぐらいお待たせしなきゃならなくなって、電話かけたんだけど通じなかったのは」

「もともと言語障害で電話が嫌いだった。でも、昔は宅電しかなくって」

「ちょっと座りますか。このあとの患者さんがキャンセルされたので、ゆっくりポツポツといたぶってみますか」と、何本か束ねた針を一定のリズムで肩に軽くあてる。


最初の癌告知は、夫からの電話だった。

「なっちゃん、まだ病院におる」長く感じた一息の後、「腎臓癌って言われて、頭が真っ白になってしばらくベッドにいた。これから帰る」

夫の好きなスカートを着て、めいっぱいの笑顔で迎えた。「お帰り、あっ」ポロっと涙がこぼれた。この人が泣いていないのに、私が泣いたらあかん！　この日を境に夫の前で泣かないと決めた。夫は最期まで微笑んでいたから。

電話のベルはきつくしまった涙腺のふたを簡単に開けてしまう。

「今日も……夫さん、連れてきちゃったんだ。痛さにかまけて泣いてもいいですよ」「いい。収拾つかなくなる。それに痛いというか……」温かくなった肩が軽い。「気持ちよかったんだ。あーあ。痛いのが快感に変わっていく」って顔を覗き込む。

「だから……うかつには言いません」とブラウスをはおる。

バッグをつかんで、斜めにあなたを見上げて聞く。「針するのって怖くない？　託されるわけだよ」「僕は大丈夫」「私は怖いわ。が、少し元気になりました」

「でしょ。僕に会ったからだ」「……」

カルテにペンを走らせ、「あっ福本さん、お誕生月じゃないですか？　またボトルキープしてください」「そうくるかー」

先月はあなたの誕生月だったから、スコッチを入れたが……って、ここはどこよ。会計を済ませる、千円札にお釣りがくる。あー、ここはやっぱり鍼灸接骨院。アスファルトに雨粒がちりばめられている。空には星が出ている。六月の空はころころ変わる。

## こっちの世界で

初めて眼鏡顔のあなたから「どうぞ」って。

寒がりの私は、エアコンがかからない治療室に通される。カーディガンを丸めてベッドの下のかごに投げ入れる。

「今までなにも見えてなかったんだ。よかった」

「いや、いつもコンタクトで泣き顔は見えてました。今朝、目が充血してて。あっ眼鏡でもよく観察しよう」「うっ」って顔を両手で覆う。

「今日は本格的に針しましょうか」

私はぶるぶると首を振り、ベッドの上で尻をつけたまま、後ずさりする。

「さあ、こっちにおいで」って手を差し出す。「かみつくぞー」「伏せ!」ってベッドをたたき、強い口調で言う。すこんと顔をつける私を笑う。

「あーやっちゃった。が、針はやだ」「どうしてですか? 痛みが取れるのに」

「私、動くよ」「知ってます」「あっちこっちに、体も心も」

「それも知ってます。でも、針してあっちの世界にはいきませんって。いや、福本さんはわかりませんね。なら、そん時はそん時で」

ほらっ。そんなことを言うから……心が、こっちでもあっちでもないところに。

夫の腎細胞癌が肝臓に転移した、とドクターから告げられた日、夫は私に問うた。

「なっちゃん、死後の世界はどんなだと思う」

「ヒトガシンダラ……」私は答えられない。

「わからない」と夫から視線をそらさないのが、精一杯だ。

「僕は思うんだ。死んだら……あっちの世界はなにもない。時間も空間も……色も匂いもない。だから、あっちでは、なっちゃんとは会えないかも」

私は肯定も否定もせず、夫の言葉を受け止め、肩を震わせた。

この後、夫の実家に行った。一番伝えにくいことを実父母に話さねばならない。病院から実家までの車中の二〇分間。心が張りつめていた二人は、黙ったままだった。年老いた老夫婦が、家の前の道路に出て足踏みする姿が近づく。

「だから、あんたが……」義父は私への憎しみの目を露わにした。

「病院を変えたほうが」と義母は無責任に漏らす。

病院もドクターも癌摘出方法も予後の治療法も夫が懸命に選択して、私と息子と三人、必死でもがき生きてきた。その姿に時折だが感謝の言葉をくれていたのに、今は行き場のない不安と悔しさを私にぶつける。

癌は一度の告知で切って済めば癌もどきだ。摘出後に他の臓器に転移している癌は恐ろしい。腎臓からの肝臓転移なんて、全身を癌細胞が巡っている仮説も成り立つ。頭が凍る。夫はなにも言わず、私を連れて実家を後にする。言うまでもなくこの時もっともつらかったのは夫だ。でも、妻はあの場で親になにも言い返せない夫を許せなかった。これから癌と長い闘いになるかもしれないのに、私、もうついて行けないと、この夜、結婚して初めて黙って家を出た。

家のパソコンから携帯電話にメールが入る。「ひどいやないか。一番弱っている時に」夫だ。しばらくすると、のんちゃんから電話が入る。年に数回、沖縄と関西の間を行き来する大学時代の友だちは、「しんどいなー。けど今日はふくちゃんのところに帰って。今、直美ちゃんが行ったよ。明日、私行くから」と言う。

「こらっ、ちなつ。どこに行ってた。うちのブータンでも私が病気の時はそばにいるのに」

帰宅すると、京都からタクシーを飛ばしてきた直美ちゃんの顔がある。

「駅で、ぼおーとしてた。ブータン？」「人の顔をみたら噛みつきそうに吠えるうちのおバカな犬。連れてきたらよかった？　いつでも……くるよ。ほんまに支えるから」と私の背中に両手を回す。友人の腕でむせび泣いたのは、この時だけだ。

「うちも穏やかな家族ではないよ。でも、人として逃げられんの。のんちゃんには、もう大丈夫、次のピンチにきてやってとメールしておくから」

「お寿司がきました。ビールでもどうですか、よかったら泊まっていってください」と夫は宅配を受け取る。

「これ、いただいたら終電で帰ります。仕事もあるので。極悪非道な奴ですが、これからも頼みます」と私の頭を押さえる。

「お前もつらいな。でも、耐えろ！　友だちってありがたいよな」と、息子は直美ちゃんを見送った右手を私の肩に置いた。

私は、一番つらい瞬間の夫に、もっと優しく強くなれとしいた。酷い女、いや酷く子供だった。もし、あの時「なっちゃん、あっちの世界できっと会えるよ。死んでもずっと一緒だよ」なんて言われたら、私、生きているんだろうか。今気づく。あの言葉に、夫は愛を託した。あっちでは会えないかも。だから、お前はこっちで生きろって。


治療がすみ、今日ももたもた着替える。あなたは見るに見かねて、手を貸そうとする。

「いいからっ。着れます。しっしっ」って後ろに手を振る。

でも薄い生地の袖は絡みつき、うまく腕に収まらない。「立ってるんなら手伝いなさい」って偉そうに言ってみる。一歩後ろのあなたは、「もーう。だからこっちに」って言いながら、モスグリーンのカーディガンをはおらせる。

## バースデイ

ドキュメント映像を作る彼らとは、夫の死後、友人の陽子ちゃんを介して出会った。今月は私のバースデイということで、みんなでトマト鍋をする。

――あと一時間ほどで伺います――。

レオ君からのメールを受け取る。二七歳の彼は、ある日突然、父親が政治家になり、生活が一変した。彼が、釜が崎や野宿者たちにカメラを向けるのは、この時のなぜだろうという子供心の疑問符が、今も心にあるからだろうか。

「プレゼントは、みんなで消費可能なもの」とリクエストした。夫の生徒さんからいただいた千羽鶴や色紙にも、ホスピスの夫を励ますために生徒さんが制作したDVDにも、まだ手を触れられない。形あるものを、残された者はどうしていいのかわからない。

が、若い彼らは、こんなお婆の思いなぞ知る由もない。「おめでとう」ってスパークリングワインで乾杯。誕生日の歌をうたい、リクエストした白いバラの花束と……はあ？

「あっありがとう。で、このしっかり形あるでかいものはなに？　レオ君」

「抱き枕っすよ。千夏さんが、死にたいなんて思わないように、僕が選びました。淋しい夜もこれで解消。抱いて寝てください」と言いながら包みを開ける。

「あいかわらず、あなたって露骨に言うね。もーう、こぼしながら食べるな〜」

「だって千夏さん淋しがり屋でしょ」とお見通しという顔で、床に落としたイカの刺身を、また口に入れる。

「まっ、あなたたちだと思って大事に」と言いながら、人間ぽい形をした抱き枕を拳でどつく。そして、「飽きた。ぽいっ」ってなげる。「今日だけ抱いてください」とレオ君の彼女が、メガネの下の瞳をパチクリさせる。「しゃーなしね」と枕を拾い胸にあてる。「似合ってる。千夏さん、かわいい」とみんなで頷く。

梶井君がシャッターを切る。写真嫌いな私だが、彼の前では、美しいとか醜いとかの形容詞がつかない私になれる気がした。夫の部屋を撮影してもらう。「今日、初めて父が使っていたこいつを持ちました」とカメラを片手に持ち、「ベッドに背中を着けてもいいですか」と、レンズを天井に向ける。

壮絶であったろう痛みに襲われながら、私たち家族と幾日を過ごした夫。「どんな思いでこのベッドに……」と声を詰まらせる私にはカメラを向けない。父親の自死がきっかけで、映像を撮りだした彼は、悲しみがわかるから人の痛みは撮らない。「いや、撮れないんです。だから、僕はサラリーマン。カメラのプロにはなれない」と自身を語る。

村井さんが台所で手際よく包丁をさばきながら、枕を抱える私に、「千夏さんが、おもちゃになってますやん」と微笑む。彼は若い頃、母を失くした。

「おもちゃじゃなくて、小学生の時、みんなで校庭の裏で飼ってた犬に似てないか。でも、人を招いてえさをやる犬ってね？」と私は次の料理を運ぶ指示をする。

用意が整ったところで、「僕、飲めないんでコーラ買ってこよ」って、それぞれマイペース。「ヨンちゃん、ここ初めてでしょ。私も行くわ。財布は置いていきなさい。ほい」って自分の財布と鍵を投げる。

「いいんすか」「いいよ。今日限りだもの。あんたたちとは」

いつものスーパーへの道。湿気を含んだよどんだ空気もすがすがしく感じる。

「今日、家に伺って、千夏さんと夫さんはきちんと愛し合っていたんだなって」

「あっはは。照れる」

「僕もいつか連れてきます」

「そうね。けど息子の予行練習、私、何回するんだろう。レオも今日、彼女連れてきたし」「けど、ときどき……できればいいかなとも」「エッチできればってか。まじめなあなたが、そこは悪党ぶらなくてもいい」って微笑む。

「あっ陽子ちゃんが、千夏さん少しずつ元気になってきてよかったって。千夏さん、レオと会った瞬間、車椅子から立ったんだって？」「ぎゃははー。陽子ちゃん情報すごっ」酔いが回って道端で座り込んで笑う。

「レオは、うーん、面はいいよね。私が立ったくらいだから。一瞬の錯覚も大事だわ。

あっははは。でも、ヨンちゃんは会った時から同じ匂いを感じた。ややこしいでしょ。あなたも私も」

二人とも日本の普通教育といわれる場所で大きくなった。でも、在日朝鮮人三世の彼と障害児だった私。いつも人とは違う居心地の悪さを感じて生きてきたはず。

「だから、僕は一人のほうがいいのかとも」「君、好きな子いるんだ」「います」「なら、伝えなさい。ややこしいなら二人もいい。相手は忍耐だろうけど」

「千夏さんには……出会うべくして出会ったというか」

体勢を整えて少し動きかけたのに、後ずさりして転びそうになる。

「うわっ、もーう。ヨンちゃん、告るから。うそうそ。そのへんの空気はまだ読める。が、会うべくしてか」「そうっすよ」

「手を貸しなさい」「もーう。しゃーなしっすよ」

あっはは、って笑いながら私は、腕を借りて立つ。今、私、この子たちと繋がってる？

家族、恋愛、友情、介護どんな呼び方も言い表せないかたちで。

「ただいま」「お帰り」ってみんなの顔。

追伸　この七年後、ヨンちゃんは障害児をお相手にする仕事に就き、少し姉さんのしっかり者だけど天然キャラの日本人と入籍する。

## 相棒

この子が大きくなったら私をどう思うだろうか。できれば私をありのまま受け止めてほしい。私もこの子を……。

息子がお腹に入っているとわかった時から、そんなふうに思っていた。今はたった一人の運命共同体、共同生活者の息子。今夜は父亡き後、初めて電気を消して寝ている。が、明け方のリビングにモソッと起き出して、「おかん、まだ起きてたんか。なら、お金貸して」って目をこする。

「あー。寝ときゃよかった。その甘ったれた声と顔、たまりませんわ。さすが……」「あっはは。二週間でやめたホスト見習い者ってか。もーう、いつまで引きずってる?」「来月の一〇日に返してよ。借用書はいらんわ。信じてるから。騙すのはこのおばさんだけにしときな」ってテーブルの上で財布を開ける。「誰も騙しません。バイト代、入ったらすぐ返す」

ふいに救急車の音が鳴り響き、私の顔は歪む。

「あちゃー。引きずってるな。まっ、そっちはしゃーない。俺もあの音はきついから。けど……お母ちゃん、結婚してなかったらクズみたいな人生やったぞ」と大きなあくびをする。言ってくれるじゃん。

「結婚って大切やね。俺もちゃんと恋していつか結婚しようっと」

息子の一言が、心の中の苦しみや悲しみを一瞬忘れさせてくれる。ソファーに寝そべり、

――恋しちゃった……いい感じ……――と歌う。

「なに、あんた恋してんの」「ちゃうやん、母ちゃんやん」「かもね」「えっ！」

息子はクッションを抱え、「うそうそ」ってあわてて否定する母を見据え、

「別にええよ。まっ、お前の恋はどうせ中学生、いや、小学生みたいなもんやろから」と言う。わちゃー、そこまで言わんでも。が、当たってるかも。


これからも私はなにかに傷ついたり、また大きなものを失くすだろう。その時は情けないが、こいつに甘えるかもしれない。一人では背負いきれない重い荷物を一緒に抱えてほしいってお願いするかもしれない。

「龍、背中貸して」と床にあったお尻をソファーに持っていく。

「うわっ。なんで背中やねん。お前、よだれ、つけんなよ。五・四・三・二・一。はい、借金帳消し」「やっぱ、そうきたかあ」と、父さんに似た大きな温かい背中を、両手でバーンと叩く。ソファーの端に私は腰を掛けなおし、隣の君に、「で、にいちゃんは、今恋して

んの」ってなにげなく問う。

「かな」「本気?」「かな」って両手を組み伸びをする。

「ちなみに今までは?」

「別れてめっちゃつらかったのは一度だけ。あっ本気やったって」

「同じじゃん。私も一度だけ大きな大きな恋をなくした」

「そりゃ痛いよなあ」「今も痛いわ」「まあな。けど、そんなこと言わんと、またしろよ。恋。俺より、一つでも年上ならいいで」「が、いくらタフなあんたでも、月日がたって、よその男がこの家をうろうろするって嫌じゃない?」「それは嫌かも。よかった。きれいなおかんじゃなくて。再婚なんてあり得ない」って股をかきだす。

「なによ、それー」「っていうか、まったくいく気ないやろ」「えっ。なんでわかる」「大丈夫か」「えっ龍ちゃん、なに」「だから……」「あんただから、正直に言うと、お相手がいてしないのと、お相手がいなくてできないのとは違う。でも、セカンドバージンもご縁に任せようと」と切り出す私を、腹を抱えて笑う。

「ぶふふ、なに語ってんの。あっ昨日テレビに食いついてた。あれか! 妄想というより、危ないボケ方やで」

　年下の男との恋に身を委ねる鈴木京香演じる汗ばむ肌が美しい主人公に、自分と重ねてみていたことが急に恥ずかしくなった。

「アッホ、やな、まさかそっちの話に行くとは！　っていうか、おかん」

座りなおし、「父さんのパンツだけはやめろ。あとトイレの戸は閉めろ。あと風呂上がり全裸でうろうろするな」と説教が始まる。

「なっなんか話ずれてない」と不意打ちにあわてる。

「だから、恋とか妄想を語る前に、人としてやな」「だって私、人間ちがうもの」

「だったらなに？　終わってるやん」「なにが終わってるんよ」「いやいや、人生の楽しみは人それぞれだし、母さんの楽しみ、これからは見つけたら……」「うん。ありがと」

しばしの人生の相棒に感謝。

# 夏　支えられて

## 人ごみ療法

免許取り立ての息子が、パーキングしやすい大型ショッピングモールに、時折くるようになった。食品売り場のワインコーナーに直行する私を、

「ただのアル中やん。いつもワインばっかり見て」とたしなめる。

「瓶は重い。あんたが、一番気兼ねいらん荷物持ち」

「今日も朝から飲んでたやろ」と加わる追及に、

「だって、痛み止めより効くのよ。今日は友だちもきてたし」と呆ける。

「うそこけ。けど接骨院に行く時は飲まんよな。なんでなん」と更に突っ込まれ、

「えっ、治療の前後はものすごく酔いが回る。こないだ、針したことを忘れて、帰ってす

ぐワインを飲んだ。一口よ。でも、地球が勢いよく回ってびっくりした」

「それって、お前が回ってるっちゅうねん。まっ、どーでもいいけど、はよ決めろ」

と私が指差したワインの瓶を取る。

「あっおかん」上を向いている私の足元に、子供が勢いよくぶつかってきた。

後ろから母親と思われる女が「気をつけなさい。危ない」と怒鳴る。むかっ！ 子供が転んでも大事はない。が、私が転べばおおごとになる。

「まず、人にあたったら、ゴメンでしょ」って私。こういう時、たいがいの相手は、私がなにを言っているかわからない。私の歪んだ顔と絞り出される声に気をとられる。で、私は通じないのをいいことに、言うべきことはその場で言う。

子供が口をぼかーんと開けて私を見ている。

「もーう」と息子があわてて私の手を引き、体を移動させる。レジがすみ、荷物を袋詰めしながら、

「あっこないだ接骨院で、人ごみは緊張がきつくなって動けなくなる。どうすればいいって聞いた」

「で、にいちゃん、なんてった？」

「それは、人ごみに慣れるしかない。駅前、ラッシュの時間帯に何往復かしてくださいって。むちゃくちゃでしょ」

「あっはは、人ごみ療法？　でも、それありかも」って手も引かずに、ぼろぼろのバッグの肩紐をもたされ、「さあ、歩けー」と突然進み出す。

「息あがってるし……もうギブかー。しゃーないな」と数歩移動して、バッグを一つ買わされた。

「おかん、次はこっち」ってサングラスも。ったく油断ならない。が、「おかん、ありがとう」って、頭を下げられると、母は「うん」としか言えない。


帰りの車の中、「鍼灸師のおにいさんに、今日はあいさつでもする？」と聞く。

「なんでやねん」「大丈夫。試験管ベイビーなんで、私にはちっとも似てませんって言ってある」「なんでそんなうそこくねん」「だって、よく似てますねって言われるの嫌でしょ。けど、仕方ないか。親子なんだし」「まあな。着いたぞ」とぶっきらぼうに言う。

治療台によじ登り、

「今日、人ごみのスーパーで、息子に少し歩かされた。で、首も足も肩も懐も痛い」

「あっはは、息子やりますね。次からは、体のバランスを取るために左肩に二〇キロの重石をつけて一人で歩かせてくださいって、息子に言おう」と目が輝く。

「なに、それってさらしもんじゃない。それに、もしそんなことができたら、ここにはこないわ。ったく。でも、冗談みたいにやってみようか。あっ痛い。首、痛い……のも冗談です」って涙目。

「なんだー。冗談なら、首触んない」と手を止める。

「冗談じゃない！　痛い」

「別に強がんなくても」

けどあまりの痛さを訴えても、私がつらい時もある。

「首が痛いなら……」「ふん？」（少しは同情したか、若造）と顔の上のあなたの瞳を見つめる。

「画びょうをふんづけて、歩いてください。首の痛みは忘れる。足の流血は気にしないで。うん」と私のおでこにぶつかる寸前まで、首が伸びてくる。

「ぶ、ふふふ」って私は噴き出す。画びょう療法？

「あっ、今、なにか飛んできた」

あなたは顔をあわてて上げる。

## 七夕

納戸から出てきた、夫のサングラスと風鈴を目の前に、溢れ出す涙を私はぬぐわない。

顔の半分くらい隠れる、花粉症対策のサングラスにマスク、Ａ３サイズが入るバッグを、斜め掛けにした身長一七〇センチくらいの後ろ姿を無意識に追う。夫に似た背格好の後をついて行き、接骨院と逆方向の電車に乗ったこともある。夫は春だけが花粉症だったが、今は街にこんな格好の人が大勢いる。夫とそっくりの人が、悪意を持って私に近づいてきたら、子供の手を捻るがごとく騙されるだろう。

初めて癌手術で入院した時、カランカランと涼しげな音を出す風鈴を買った。風鈴の先に付いた小さな短冊に、家族の幸せな時間がずっと続きますように、と二人で書いた。夫の素直なわかりやすい文字と私の震える字が並んでいる。

入院前に街で選んだ綿の浴衣に身を包み、病院のベッドに横たわる夫の姿を見て急に心細くなった。

「なっちゃん、病人みたいな顔」と浴衣の袖を広げて私の顔をくるんだ。

夫の病気が治りますように……と懸命に手を合わせた夏。

風鈴の音といっしょに夫の姿が浮かんでくる。

夫との最後の七夕も病院で過ごした。この時、夫の癌は全身に転移していた。ただ、今の時間が続きますようにと三日月を見上げた。

人は弱い。でも、だからこそ、最愛の人の前では強くなれるのかもしれない。願い事がある人生は、振り返ってみれば輝いている。誰かといる時間がそこに流れているのだから……。家族の時間が永遠に続きますように。この凡人が望む小さな願い事。実は神も仏も聞き入れてはくれない壮大な願い事なのかもしれない。だから、人は手を合わせる。

が、いくら願おうと祈ろうと手に入らないことを学ぶ。年とともに人生の輝きがなくなるのは自然であろう。短冊に書く言葉もなくなった。

涙で目のふちはただれ、頬についた一筋の線は消えない。人間ピエロだ。

ぼーっと夕方の風に吹かれ、接骨院の前で立っていると、中からこちらを見ている気配がした。「早く入りなさい。なにやってるんですか?」と扉が開く。

「あっ、ありがと」待合室を兼ねた靴を脱ぎはきする椅子には、めずらしく誰も腰かけていない。

「静かな七夕でしょ。だから自動ドアのオプション付けてみました」

「みんな、願い事にお忙しいのよ」とカーテンが開け放たれた治療室に入る。

「福本さんは笹とか飾らないんですか」

「今頃、そんなもの売ってる?」

「さあ、適当に聞いただけで」

「よっぽど会話に飢えてたな」とベッドにうつ伏せる。

「ばれましたか」

「あなたのお宅はなにもしないの？」

「僕んちは、父が誕生日なんで。七夕はケーキでした」押され具合が心地よい。

「たまには、実家に顔だしてあげなさい」

「この年で頻繁に実家に帰る男っていうのも、どうかと」

そうね。あなたにお休みされると、私困る。

「あっ今日納戸の一角にあった季節グッズの箱を開けちゃって」

「七夕グッズも出てきた？」

「うん」とおなかに力を入れて喉を震わす。

「そう。あっ左下で横向いて」と最近また動きがよくない右腕に針を入れる。

「夫の本棚も整理してたら、『いきなりはじめる仏教生活』というのが出てきて、浄土真宗本願寺派のご住職が書かれた本で、納骨前になんだか、ほっとした」と仰向けになる。

夫が逝った時、どんな形で見送って、心に残していけばいいのかわからなかった。最期まで、命が尽きないと思っていたから、死後のことを話す余力なんて家族になかった。親戚一同に託されて、とりあえずしきたりが易しく、手を合わせる人が多い本願寺派に瞬時に決めた。夫に直接聞いたわけでもなく、本当にこれでいいの？　というクエスチョンマークが心の片隅にあった。本のハードカバーの裏に本願寺派の四字を見つけて、あー、まちがっていなかったと胸をなでおろした。自信がなかったテストの答案に大きな丸がついて返されたみたいに。

「僕んちも、お西さんです。おじいちゃんが亡くなった時にみんなで決めた。そんなもんです。産まれて、生きて、気づいたら死んで。あとは生きている者に任せたらいいんです。だから、ふくもとも、でっかいペット飼ってないで。産み落としただけで充分だと。いつまで息子の成長なんて祈願するんですか」

「うっ。で、一冊だけカバーがついてあって、タイトルがわからない本があった。とったら『浮気で産みたい女たち』って出てきた」と起き上がる。

「きっと向学のためですよ」と首から肩にかけて手の平を何度か滑らせる。

「向学が高額になってたらどうしよう」

「隠し子発覚ですか？　にぎやかになっていい」両肩を拳で軽く叩く。

「七夕は嫌いだ」

「ヒコボシサンいなくなったもんね」と何食わぬふりで呟く。

「こらっ言うな。ほんとびっくりするわ」と後ろを振り返る。

# 一周忌

夫を送って間もない頃、夫の骨をかじった。罪悪心でいたたまれなくなり、住職に告げた。「私は目の前にあるものしか見れません。夫のお骨を口にしてしまいました。強欲で身勝手で……弱い」

住職は「そうですか。お骨は食べるとカルシウムになる。別に食べてもいい。だけど食べなくてもいい。福本さんの人生は、きっと、他の人より濃い人生なんだろうね。細かいことは気にしなさんな」と目頭を押さえた。

口の中でじゃりじゃりとしたあの感覚は、忘れられない。

一周忌の数日前、私は撮ったままで一度も見たことがない私たちの結婚式のビデオの箱を、映像小僧たちと紐解いた。

友人と音楽と酒とちょっとよそいきな料理がある人前結婚式。そこには、将来を私と生きていく夫の意思が残されていた。たった一本の夫とのビデオに、私は救われた気がした。

ヨンテ君が「千夏さんも過去の人みたいっすね」って笑った。

「これこれ。殺すな。でも、私の葬式の時は、この結婚式のビデオ、流してよ」

「いいっすよ。あっ葬式ビデオは、前払いでお願いします」とレオ君が手を出す。

「あっお葬式専門ビデオ制作会社っていいかも」と梶井君も身を乗り出す。

「ねえ、夫の一周忌を、ビデオに収めることは意味のないこと？」と胸のうちを明かす。

「千夏さんと息子さんが、何年後かに映像に残しておいてよかったと思えれば……」と梶井君。教師だった父を自死でなくし、家族の不在の空気を知る彼は、「いい結婚式ですね。なんだか千夏さんも夫さんも自分の人生を習得したっていう顔してます。それに、千夏さん、エレクトーン結構やりますねー。みんなの伴奏してる」と驚く。

「うん。若かりし頃はね。今みたいにカラオケがなかったし。あっだんなと出会ったのも、エレクトーンがきっかけ。だから、こんなふうに一周忌もしたくて。お葬式は心をこめるとか、そんな余裕なかった、公人としての夫を、喪主としての妻が出棺するのが精一杯で、悲しみの感情すら持てなかった」

「急な出来事につけ込んで、葬儀屋丸儲けっていうやつでしょ。一周忌は千夏さんが納得できる、素敵なものにしましょう。でも、僕たちでいいのかな」デザートのアイスキャンディーが溶けて、ソファーに落ちそうだ。

「もーう。レオ」と私は慌ててタオルをなげる。

「僕たちだからいいんですよ、ねっ」ヨンテ君が首を傾ける。

「ヨンちゃん、かわいくない！　あなたたちしか知らないだけ」

「それってほめてんだか、けなしてんだか」と梶井君が穏やかに笑う。

「まっ微妙ね。で、カメラは梶井君、あなたが回しなさい」


納骨の朝。ベランダの風が心地よく私の頬をなでる。

みんなで腹ごなしをして、いざ出陣。参列者へのお礼状、入院中にいただいた生徒さんからの千羽鶴や色紙、法要時のお茶菓子、ビデオカメラ、音声用機材。これらを手分けして梶井君の車につめる。夫のお骨は、夫が愛用していたリュックに入れて、ヨンテ君が背負う。

「キャンプに出かける朝みたいだ。夏の海にも、みんなで行きたいっすね」とレオ君が空を見上げる。この時は、レオ君が山形国際ドキュメンタリー映画祭で賞をとり、忙しい夏になるとは思っていなかった。

手伝いをかってくれた友人たちが、お寺に着いていた。ありがとう、と涙ぐむ時間はない。麗ちゃんバンドと音響機材が目に飛び込む。「おばちゃん、納骨はな、お別れとちがうんよ。始まりなんよ。がんばろ」って麗ちゃん。続々と入ってくる参列者を気にしながら、オルガンのふたを開ける。

私の伴奏のファーストラブは、リズムを合わせる程度のリハーサルしかできない。不安を抱えたまま、住職の司会のもと法要が始まる。

みな夫を思って、こうして集まってくれることがうれしい。

参列者の焼香がすみ、納骨を終える。緊張した私の横顔を梶井君くんが捉える。ファーストラブを歌う麗ちゃんに合わせて、鍵盤を指が滑っていく。あっとちった。みんなの目は潤んでいるけど、あーあ。

カメラ越しの梶井君、インタビューし、音をとるヨンテ君とレオ君。

夫は職場で、友人の前で、どんな人だったんだろう。特に発病後、なにを感じ、どう生きようとしていたんだろう。夫との出来事を、カメラの前でみな快く話してくれる。これには夫が生きた足跡と、その姿を刻もうとする私の意思がある。

ここから、また……夫がそっと背を押してくれた気がした。

息子は、今日の友人たちとの納骨についても私に一任してくれた。

大学を辞めたことも、みんなに普通の会話の続きみたいにする彼。

私たちにとって別の意味で気兼ねが要らない温かい存在だ。「今日は、みなさん、暑い中お集まりいただきありがとうございました」最後の挨拶をする息子の横顔はまだあどけなく、少し頼もしい。

今日のビデオは、いつか息子に紐解いてほしい。

# 二人のジュリエット

「今日は全身ぐだぐだで、へろへろです」

「わかってます。今日でしたよね。親戚との法要。けど、座って話を聞いておいしいもの食べるだけで、なんで疲れるんですか」

「まあ、うそつきながらじゃ、おいしいものも……息子は親戚の前では、○○大学三回生になってしまって。本人が言わないんだから、私が言うのもね。結局、共犯よ。っていうか主犯？　まあ、三回忌あたりは、自分の親も相手の親もぼけててわかんないかも。七回忌あたりは誰がいる？」

「うわーひど」

「ばち当たって、私がいないかもね」

「そうそう」

「ばちなら、もう充分当たってるから、大丈夫」と無理に笑ってみせる。

「どうぞ」と治療室に通される。今日は全身の筋肉を手でほぐしてもらうことに。実はここにくる少し前、ワインを口にした。飲まなきゃいられなかった。いい顔作って嫁して娘して、息子をアホなうそで守って。はいはい、守ってるんじゃない。彼をうその穴に落としこんだだけ。実は友人との法要のことも言ってなかった。隠したわけじゃないけどタイミングを逃した。

「納骨は先日、家族さんと故人のお友だちでしめやかにさせてもらいました」と住職が言ってくれた。

親戚たちは、立派なお寺も親しみやすい住職も法事懐石料理もお気に召した様子。

「けど、一周忌を二度するって初めて聞いた」と言うふくらはぎの押され具合がなんとも心地よい。

「友人バージョンと親戚バージョン。本音も建前も大事」

「うまくいってないんですか、親戚と」

「今はうまくいってるよ。が、昔はうまくなんてもんじゃなかった。障害者と健常者の結婚だよ。現代版ロミオとジュリエット」

「福本さん、ジュリエットっすか」

「そう。ただどういうわけか、生き残っているのが悲劇ではなく」

「喜劇ですね」

「夫の看取り方や葬式や法要をほめられても仕方ない。夫はいないんだから」

「でも責められるよりいい。よいしょっ！」と重たい体を引っ張り上げる。

「そうね」と起き上がろうとするが、ベッドにまた腹をつける。

「福本さんが任命されたんだから……それにしても、今日はダメダメですね」

「任命か、まあ一周忌も無事」とやっと仰向けになる。

「そうっすよ。でも、どんな感じだったんだろう」と私の顔を見てくすっと笑う。

まあ、今日の法事を再現するとこんな感じだ。

料理に口をつけながら、私が義母に、「お気持ち少しは落ち着きはりました？」と丁寧に聞く。

「ええ、ご近所さんに買い物に行ったら、髪を染めたせいか、顔色も少しよくなった気がするって言われました」と無難な答えが返ってくる。私は「少しずつが大事ですよね。もしよかったら、旅行した時のお母さんといっしょの写真も少し送りましょうか」と話を続ける。

「ええ。少しなら。あっ旅行。あの子が大学生の頃よくしたわね、美咲」と向かいの娘の顔を見る。私と同い年の夫の妹が「おかあちゃんと私と三人で、奈良や京都によく行った。神社仏閣ばっかり。中でも詩仙堂が好きで」と話を聞くうちに、(それって私と行ったところと同じ) ってなんだか、おかしかった。

「美咲さん、ほかに鮮明に残っている記憶ってない？」

「あっ。私、お勉強あまり好きではなくて、でも定期テストはある。兄に勉強教えてもらうんだけど、途中で投げ出して机から離れる。兄は追いかけもせず、怒ることもしない。

静かに部屋に戻ると、机の上で、膝を抱えて体操座りしてた。あの姿は鮮明に」

その姿……私も見た。初めての旅行で初体験ムードの夜。急に怖くなって部屋を出た。

そーっと部屋をのぞくと、ちいさなテーブルの上、体を二つにおって首をうなだれていた。

「すずめみたい」って言う私に「ちゅんちゅん」って鳴いた。

同じ男の小さく丸まった背中を見た、私と彼女は、ジュリエット。

## しあわせ？

私は、めずらしく受付にいるあなたに、しどろもどろになりながら告げる。

「今日女の人から、ちと意味深なはがきがきて、ここにくるのも迷ってて」

「なに？　話がよく見えない。まっせっかくきたんだから」と治療室に通される。

「だから、一周忌には行けませんが、福本さんとの思い出は……みたいなはがきがきた」

と、うつ伏せで息継ぎをしながら話す。

「なに、すごい展開。夫さん浮気してた？」

「浮気ではないと思うよ。そんなに器用じゃないし」

「なら、本気だ。はい横向いて」

おいおい、ズバッとくるねえ。まあ、浮気も本気も紙一重っていうか、隣り合わせ。

どっちでもわかんなきゃいいのよ。ばれたらエチケット違反。けど死んだらわかんない。そういえば、お葬式の時にもなんだか、影みたいなのが二〜三人いたような。

「福本さんって、仮に男の浮気がばれたらどうします」

「あっ私ってなまじ勘がいい。元かの二人はすれ違いざまにわかった」

「すっすご。で？」

「付き合ってた？　うん、で、終わり。その後は妻の意地かな。なにもなかったからなんだけど、なにかあったとしても絶対聞かないタイプだと」

「余裕かますんですか」

「うん。しかたないっしょ。もうー。なに、その興味津々の顔。はがき見る？　いっしょに推理する？　この女、何者って？」

「はがき見たいわ、持ってきてくださいよ。うわー楽しみ」

「バカー」と、仰向けであいている腕で、あなたの腹を小突く。

「治療中になんてことを」

「そのうれしそうな顔、むかつく。他人はいいわ。なんでもいえる」

「いいっすね」と笑う。

「こーら。ったく大爆笑かよ。人の不幸は蜜の味てか。あのさー、これでも結構傷ついてて痛いんだよ。首も心も。けど、なんだか笑える。あなたが言った、人生、痛いを楽しいに換えたら、バラ色に生きられるってほんとだわ」

げらげら笑う。いい顔してるよ。ったく。あっ私も。

「実は持ってきたのよ。は　が　き」

「えっ、見せて。早く。次の患者さんがきちゃう」

はがきと写真を鞄から出す。

——福本先生とはS高校での出会いに始まり、K高校でもお世話頂き、浅からぬご縁を感じております。福本先生の思い出を胸に刻み（中略）一周忌は旅行のため参列できず

——

「なんだあ。同僚からの普通のはがきだあ、もっとえぐくてグロイものかと。これは違う。福本さんの深読みだわ。うん、まちがいないわ」

「なに、おばさん口調になってるの」

「あっはは、これは何年前？」

はがきに重ねてそっと渡した、夫婦の桜の木の下でのツーショットの写真をみて問う。

「去年」「うっそだあ」「うそついてどうするよ！　私……こんな笑顔にはもう二度となれない気がする」と、かすれ声を出す。

あーあってあくびしながら、写真を返す無礼な奴に、「あの人の人生は……」と私は心の声をまた漏らす。

「えっ？　なんてった」

「ごめん。気にしないで。行くわ」会計を済ませ出ようとする。

つま先だけ靴を履くあなたと空を見上げる。

「あの人の人生は幸せだったんだろうかって言いたいんでしょ？　それはわかんないっすね。ふくもとはしあわせだった？」

答えないでいると、頭を軽く押され、首がこっくりする。


この夜、義妹、美咲さんからメールが届く。

一周忌の時、兄はしあわせだったのかなっと言っておられましたね。

私は、今でも、兄が病院に運ばれた救急車の中でのことを覚えています。あの時、兄はお姉さんの顔をずっと見ていました。私はあの瞬間から二人の絆の強さを感じ、どうか二人を引き離さないでと祈り続けました。兄は結婚の時、親戚一同から反対された。でも、強い意志でお姉さんと結婚し、お姉さんだけを愛し最期まで生きた。

だから、兄は、しあわせだったに違いないです。

## 花火

「今日、淀川の花火ですよ」って治療室から、くりくりしたパーマ頭のあなたが出てくる。

「去年の夏、おぼえてます？　髪の毛ぼさぼさだって、福本さん初めて笑った」と背中を押しながら言う
「そんなことあったっけ。でも、私、去年も笑ったなら、きっとその頭だわー」と顔を一瞬上げて言う。

「夏には爆発したくなります」っていうあなたを、顔を横に向け、ころころと笑う。

「もーう、受けすぎ。仰向けで」

「やっぱり受け狙い。花火に合わせて」

「えっ違う。けっこうまじです」

「ふーん。そう」

「花火は見に行ったりしなかった？」

「若い時にはそれなりにね。あっ、うち、マンションの一〇階で、小さくだけど花火が見られるのよ」

「いいじゃないっすか。ビール片手に花火」

着替えを済ませ、私は財布からお金を出しながら言う
「体が軽くなった気がする。最近、膝もラクなのよ。でも、夕方には魔法が切れる」

「それって。夕方には切れるようにしてあるんです。明日もきてもらえるように」

「商売、干上がらないように？」

小さく首を縦に振るあなたに、「また明日ですか？ しゃーなしね」と手を振る。

「花火。僕はここにいるから見れない。代わりに見てください、遠くから見る花火もきっときれいですよ」

あなたの声に振りむかず、挙げた右手をもう一度振る。


このマンションで夫と花火を見たのは一度きり。

「なっちゃんが、おばあさんになって動けなくなっても、花火は毎年ここで見れるね」って言ったのに。

夫が逝ったあと、一〇階から見る大きな空が怖くなった。リビングのカーテンを開けると、空に吸い寄せられそうになる。夫の四九日の夜、花火の音でよたよたとベランダに出て、一度だけ、命を天に預けた。ベランダで眠ったらしい。翌朝、頬を風がなでた。私の力では開かないベランダへの窓が、全開になっていた。

「パパが……私、まだ生きて？」

転んだことに気づいた子供みたいに火がついたように泣いた。


今年は、S市とI市の花火大会が重なった。右と左であがる花火は、結構見応えがある。ワインの小瓶片手にベランダに立つ。二本目の小瓶を、冷蔵庫から取り出そうとした時、インターホンが鳴る。モニターには今日見たあなたの爆発頭が映っている。「福本さん、忘れ物届けにきました。下まできて」私は突然の出来事に慌てる。机の上の鍵だけを握り下に行く。

マンションのエントランス。「もーう。これがないと困るでしょ」と携帯を出す。「あっありがと。わざわざごめんね」「ほんとですよ。しかも予約も取らずに帰っちゃって」と、僕はけっこう忙しいんだからっていう顔になる。

「えっまた明日って言ったよ」「そんなの聞こえなかったし。それに携帯は大事でしょ」

「うん」言語障害の私は、携帯のメールが命綱。

マンションの戸が開いた瞬間、花火の音が微かに聞こえる。「あっまだ間に合う」ってあなたの手を引っ張る。「どこ行くんっすか」「屋上。あなた、白衣脱いだら」とエレベーターの中で私服のお披露目にくすっと笑う。

「若いっしょ。学生ですもん」

そうね。あなたは大学卒業後、今の接骨院に勤務しながら、教員養成課程で学ぶ身。でも、高校生みたいよ。グリーンとホワイトのボーダーシャツにグレーのジーンズは、ちまたの母好みな格好。エレベーターが止まった最上階。体を右向きにして廊下を進む。

「わっ。ここ入ったらだめなんじゃ?」「しっ三〇秒でいいの」と私は力を込めた手の平を、あなたの背にあてる。「あーあ。押すから。あれ?」

かたんっ! 鍵がかかっているはずの扉が開いている。高さが不揃いな七段ほどの薄暗い階段を壁伝いに上っていくと空が出てくる。

「うあー。気持ちいい。死にたくないなら、そこに座って」とあなたは横に立つ。むき出しの空に花火が上がる。青と赤の円が重なっては消えていった。

「ほんと三〇秒で終わったし……。あなたも、花火みたいにいつか消えるんだ」と呟く。

「ですねー」静まり返った空気の中、後ろから声が響く。

「こっこれ。消えるのはやすぎ」と、座ったまま、こわごわ体の向きを変える。

「僕は背負いませんよ」と飛ぶように階段を降りる。

「あのなー」年寄りは大切にしましょう。

「ここで見てるから、両手でしっかり手すりを持って、お尻で降りてきて」と下から私を見上げる。「だけど命綱だけは」ってくるっと背を向けて腰を浮かしたまま階段を上がってくる。

「背中に触れると落っことします」

「もーう」階段が残り二段のところで軽くあなたの背をける。

「あっ命綱、切れちゃった」って両手を振りジャンプする。

「僕はこれで。忘れ物には気をつけてください」

「ありがとう」「花火?」「ふふ。命綱」って携帯が入ったポケットを二つ叩く。

## かご飼い

「大きな包み抱えて……」私の腕から落ちそうになる荷物をひょいと引き上げる。

「たこ型枕、ここで使おうかなっと」「どこで仕入れてきたんですか」「イケヤ」「なにか家具買いました?」「なにも。夫の部屋が未だに手つかずで、少し片付けようと思ってもなかなか」「捨てられないものは置いときゃいい。じいちゃんの部屋も、しばらくそのまんまでした。でも、人が生活してたら、そうも言ってられなくなります」

夫の部屋のセミダブルのベッドカバーを、今も毎週替える。息子は父の死後、この部屋にまだ一度も入っていない。癌の激痛を訴えた夫のベッドに、息子と腰掛けるには、まだ時間がかかる。

「ぴったりです」うつ伏せのまま息ができるように開いている治療台の穴に、たこの顔がすぽんとはまる。

「うわさには聞くけど、子供の接骨院通いって多いの？」ジーンズを脱ぎながら聞く。

「いや、患者さんといっしょについてくるほうが」

「母とセットなんだ。核家族社会」

「そうっすよ。今、夏休みだし」

そういえば、イケヤでも、小さなおもちゃと、五〇円のソフトクリームを手にした子供が多かった。

小さい頃、私は親について歩くのが恥ずかしかった。息子の幼少期も、まだ子供社会は健在していた。夏休みには学校のプールに行って、昼ご飯を食べて、親同士仲がいいとか悪いとかあまり関係なく、あちこちの家で遊んでいた。何々君ママという今風の呼び方もなく、みんな、おばちゃんだった。信頼できるおばちゃんたちのもとで、地域での放し飼いができていた。

今の夏休みの公園には、子供の数と同じだけ大人がいる。核家族というかごの中は、はたして安全なのだろうか、それほど世の中は危ないのだろうか。と、ふと思う。

殺人が、起きる一番の場所は家庭内。まして、うちは夫がいなくなり、トライアングルの三人家族のバランスが崩れた。二人家族は一歩間違えると、殺す、殺されるの空間に変わる可能性がある。息子と二人三脚はできない。背負う、背負われる関係にしかなれない。

今日は車椅子で、ヨンテ君と出かけていた。電車を降りて、エレベーターに、父母と子供二人の四人家族の後に乗る。夏の蒸し暑い空気を、数秒間彼らと共有しなければならない。乗った瞬間から感じた嫌な緊張感は暴言という形で砕かれた。

「車椅子があたっとるやんけ。子供が足痛がっとる。謝れー」と、すごい剣幕で父らしき男が言った。「えっ僕痛い？　あたってたらごめんな」って丁寧にヨンテ君は言う。子供は自分は知らないという顔だ。が、

「その言い方なんや、ちゃんと謝れ。だいたい後から偉そうに」と、続ける男には　どんな言葉も通じないと「すみませんでした」とだけヨンテ君は言った。

妻らしき女は、男をたしなめようともせず、人形のようにただその場にいるだけだ。

「子供がかわいそうやー」雑踏の中、強く優しい悲しい目でヨンテ君が叫ぶ。

人を信じられない社会の中で育つ子は、ずっと家族というかごの中で生きるのだろうか。

人と人がつながっていない社会は、いつまで子供を家族に押し付けるのだろうか。

治療が終わり、

「あっそうそう、うずらって飛べるの？　イケヤの近くでみつけたのよ」って起き上がり

ながら言う、

「うずらは飛べない」「やっぱり飛べないんだ。地面をちょこちょこ歩くだけで」「小さい頃うずらが目を離した隙に猫にやられたっていう僕の話を覚えてた？」「うん」「やつらも飛べない鳥なんです」「うん？」「猫にやられたのがわかったでしょ」「うん」

猫にしたら、かごの中のフライドチキンだ。でも、あなたはうずらじゃない。いつか飛ぶ。

息子もうずらじゃない。私、かご飼いはしていない。

「写メ、見る」「あっうずら」

## シーラカンス少女

治療室、仰向け状態の私。あなたの胸にぶら下がる赤い人形をじっと見て、

「なに、それ」

「あっこれですか。小さい子にもらって、つけないと悪いかなって」

「私のやってること、その子と変わんなくない？　タコの枕置いていったし」

「ふふ。でも気づいたんなら、そこから成長します。あっタコ持ってきます」

「成長かー。別にしなくてもいいんだけど、私は」

「気分は生涯いち少女ですか。シーラカンス化した少女ですねー」

「うっ」「はい、うつ伏せ」って消毒する首を挙げる。「いい子だから」と頭を押さえ込まれて顔がベッドにつく。「今日、針、嫌なんですか」「うん」ともう一度頭を上げる。

「でも、押さえ込み勝ち」と首に針を入れる。

「いたっ」「痛いのもいいって思わなきゃ。嫌だ嫌だも好きのうちだって」

くそっ！　完全にあなたのペース。が、私は少女ではない。

シーラカンス少女は即座に、「ちょっと待て、それは男の子の願望でしょ」と言い返す。

「だって、痛いのもいいって。女の人は言うじゃないですか」

かちーん。

「痛いのもいいっていう言い方は、やめなさい。怒るよ。それとも、そんな経験あるわけ？」ドクハラと逆ハラが火花を散らす。

「そんな経験はないです」

ちっ。うそこけと思いながら、「なら、言うな」と睨みつける。

「でも、嫌だ嫌だは好きなんだなっていう経験はある。女の子ってやだーっ逃げながら実は……」

「ややこしいんだ、女の子は」

「ですよ。福本さんどうでした」おいおい、やっぱり過去形か。

「女の子かー。忘れたわ。あっシーラカンスって陸に上がろうか、海中でいようかって悩んでるうちに最古の魚になったらしいわ」

「ふーん」そんなことみんな知ってますという声を出す。が、

「でね、生殖活動は未だに謎。捉えた映像一つない」と付け加えた一言に爆笑する。

「あっはは。福本さん、やっぱりシーラカンス少女だ」

「笑うな。もーう。あんたには、かなわんわ。あなた、もてるっしょ」

「僕も福本さんにはかなわない。でも、小学生の頃は確かにむちゃくちゃもてた。あの頃って足が速いと無条件にもてる時期じゃないですか」

いや、足が速いだけでは……。

「人間、一生に二度のモテキがあるらしいよ」

「生きてんだから、一度や二度のモテキがないと、やってらんない。モテキあったんですか」と不思議そうな声で聞く。

「あったよ。ああなたの年だ。二四歳。だから、二五歳で結婚した」

「具体的にはどんなことが?」

「私、恋愛も不器用で。その時、付き合っていたのは夫だけだった。でも結婚が決まる前後に、六人からプロポーズ」ちと言いすぎかーって言うまもなく、

「うっそだ。それってなにかの罰ゲームだ」と爆笑をかますあなたに目をむく私。

「ば、罰ゲームてか。で、一番の罰はだんなに当たったってか。まっしゃーないわ。彼も選んだんだから」

あっ私、こんな台詞が言えるようになったんだ。二人とも笑う顔が少し引きつるが。

「ほんとにもーう。あなたには、苦手なものとか、私以外にはないの？」

「あっほたる。苦手です」

「えっ、小さい頃、怖い思いでもした？」

「いや、ただ、あの青白い蛍光が、暗闇に浮いているのが嫌なだけです。ねえ、六人同時プロポーズって、ほんとにありえた？」

「話、でかすぎたかも。同時ではなく結婚前後三〜四人だったかな」

「だとしてもなんで？」

「こっこんな私にって。うーんギャップ？　こんな私が肉じゃが作って……」

「肉じゃがじゃ、人は人を好きにならない。福本さんがひきつけた？」

うつそだーってこいつ、絶対今、首かしげてる。うつ伏せで見えないが。

「あっ、ほたる、同時プロポーズの時にいた」

「まったー。話作りすぎだって」

「あんたに、作り話してどうするよー」

私にもドラマみたいな切ない話の一つや二つあるの。

## ほたるの光

大学時代、家が同じ沿線上の通学フレンドがいた。気がつけば、いつも隣にいた。夜な夜な何時間も電話で、たくさんのことを語った。大学でも、地元の手話サークルでも、夏休みもお正月も、君がそばにいない日は、四年間一日もなかった。私は君の友だちだった。君は私の友だちだった。お金の貸し借りは一度もなかった。学食で食べ残したうどんを、互いにすすりあった。図書館でいっしょにエロ本を見た。出席カードを奪い合った。

君を想う子は何人もいて、私は、君の恋の度に、その終わりをいつもどこかで待っていた。卒業して間もない頃、いつになく青ざめた顔で君は、「Fちゃんに迫られた」とため息をつく。

「ずっとでしょ。悪党は、気づかないふりしていただけで」

「郷里に帰るから、すぐに貸していたお金、全額返してって」

「当たり前でしょ。だいたい借りるのが」「けど全額一度はきついわ」と肩を落とす。

「えっそんなに」って聞いた金額に、

「そりゃー。あんた、嫁にするしかないわ」と大笑いした。

「四年間も女にパンツ洗わせたからでしょ。あんた、刺されなかっただけでも」

「まじ、落ち込んでる時に、そんなことを。それにパンツじゃなくてジャージだ」

「だから、パンツなら問題なかったわけよ。彼女は、あなたのパンツを洗いたかった。でも、パンツは別の子に洗わせてた。しかも一人や二人ではなく。で、Fちゃんにはジャージ洗わせて、飯作ってもらって、小遣いまで借りて。あんたって、ほんとバカ！」

あなたに迫ったFちゃんの想いが痛い。私も君が、私の友だちの律子と付き合って、それぞれが言う愚痴を聞いてほくそ笑んでいた時期は、きつかった。

「へこむな。身から出た錆でしょ。で、今日はあんたのおごりで」とコーヒーを飲み干す。

「勘弁してよ。知り合いすべてに金借りて、Fちゃんに全額返済して金ないって」「えーっ。話、聞かされて、いつもどおり割り勘？」

「フィーバーしたら、またおごるから」

あっはは。懲りない奴。パチンコ好きも、律子と別れた原因なのに。

「おーい、大丈夫かー。気ぃつけて帰れよー」って縮こまった君の背中に、大声で叫ぶ。ったく、だから私は、君の前では女の子になれなかった。それに女の子でなければ、ずっといっしょにいられるってどこかで思っていた。

そんな私が、この後、夫になる彼と出会い、女の子になった。

でも、君と私は、卒業後も時を過ごした。夏は花火、冬は鍋を友人たちと囲んだ。夜中に時々、大学に侵入した。たまたま君が越してきたところが、就職と同時に一人暮らしを始めた私のアパートの隣駅。君の家で君のお母さんの手料理をいただくこともあった。

一人暮らしを始めて間もなく、同じアパートの二階から空いた一階に移った。私にとって、雪や雨の日の外階段は危険だ。それを知らずに「千夏がいなくなった」って君は、大騒ぎした。

実家の母は、娘に男なんているはずもなく、ベランダの男物のパンツは、君が防犯のために貸してくれていると信じていた。「T君に今すぐ連絡取りなさい」って母に怒られた。律子も「あんたは今、彼以外目に入っていない。けど、あのバカも心配してる」と言った。それからすぐに君はやってきた。顔を見るなり、「ここにいたかー」と玄関で膝を落とした。

それからは、安否確認するみたいに昼夜問わず、自分の勝手な時間に訪れた。夜中に、「家の鍵なくした。おかんに怒られる。泊めてくれー」っていう君を、「学生時代からの長い友だちなのよ」と鉢合わせした彼に紹介した。この後、なんどか会う君のことを「いい人だねー。僕も安心だ」と彼（のちの夫）は公認した。

ほたるが消えたあの日まで、君は私のそばにいた。

「夜は長い。ドライブしよ」って湖畔沿いに車を走らせる。ホテルが立ち並ぶ雄琴にさしかかる。君は「ほれ、みろ。カップルと思ってるんや。車止められた」

「いつも、そうでしょ。だから、なに」って私。

君は、私が君を想って悩んでいる数年前に言った。「千夏とは全世界で二人きりになっても、男と女の関係にはならない」って。「私もだ」と言ったけど、結構傷ついた。

湖がきれいに見える場所で、君は車を止めた。

「千夏、親から反対されている結婚はつらいぞ。結婚するな！　俺なら親を説き伏せる自信がある」と君は言った。

この時、ちらっちらっと光るものが二人の前を通った。

「あっ、ほたる」と追う私の腕をつかんだ。

暗闇の中、ほたるが消えた。

## 恋愛錯覚

夕方、久しぶりに、友人のとしえとキッチンに立つ。彼女は、畑を耕し、糸をつむぎ、パンを焼くかまども作るという、自給自足にこだわった生活スタイル。週二度ほどスーパーでレジを打ち、自宅で料理教室をし、依頼があれば出張カット屋にもなる。

夫が発病後、出会った。玄米菜食を始めたばかりの私たちの力に随分なってくれた。今、私、鍼灸師のことを、どんな顔で話したんだろう？

「それは軽い恋です。もーう。千夏さん、はや！」って一回り若い彼女は豪快に笑う。

「そんなわけないよ。息子に近い年だよ」と私はきっぱり否定するが、

「気づいてないのは、千夏さんだけです。ある一定の狭い空間で、毎日肌が触れるわけだから、免疫がない千夏さんは、知らない間に入れ込んじゃってるんですって。まして短パンキャミ姿でしょ」

「あっはは、しゃーないでしょ。それに、私、肌はかなりの頻度で他人の前で出すよ。入浴介護に着替えに。あっこないだ和式トイレしかなくて、この日知り合った人に、いきなりトイレ介護頼んだ。理屈を超えて、有無言わさず尻合いになった。ごめん。ありがとって後でメールしたら、ごめんはいらない。こちらこそ衝撃の出会いありがとうって」

「千夏さんらしいわー。まあ、その点の免疫はありますよね。普通のおばさんとは違う」

「でも、ケツはねー。昔、尻もちついて尾骶骨に軽くヒビが入った。あの時は、すんごく痛くて羞恥心なんて飛んで、すぐお尻をめくった。けど、今回はベッドから落ちて、微妙な痛さで。そしたら、彼、お尻割れちゃった？　ハートにヒビが入ったみたいに。僕も同じ形ですから大丈夫。あんまり痛かったら、いつでも我慢せずに言ってください。僕が我慢して診ますからって笑った。結局。ケツはめくらなかったけど」

「うわっ。単純なおばさんが完全にイカレルタイプ」

「かもね。でも、いかないって。追いかける前に転ぶよ。追いかけずに転ぶから手を貸せーって言う。番外編の生き方よ。それに、今なら余裕でケツも診せられる。あなたと同じ形だから大丈夫って」

「番外編の生き方かー。千夏さんはいいな。実は私、若い男で何回か失敗してんの。ご飯作って文句言われて、気づくと、いつもお母さんみたいってうざがられて」

「うわっ、いたっ」

「私、ほんとは千夏さんの夫さん、好みのタイプで。静かで温厚で優しそうで」

「えっ好きだったの？　だったら生きている間に言ってよ。元気が出て寿命のびたかも」

「ですよ。若いのに入れ込むんだったら。でも、その接骨院にはできるだけ行ってください。痛いのはつらい。うちの頑丈な母も、父が死んだ時は床に伏せたぐらいですから……こんなにややっこしい患者は確かに番外編だし、毎日通って元気になって、その悪魔みたいな笑顔もっと磨いてください。あっ私が今行っている美容室。店長がすんごいイケ面で三店舗目を出します」

「なんだ、あなたも」

「人生の参考までにです。でも、北摂マダム、みんな入れ込んじゃって。大きな額が動いたような気がする。彼はすごいですよ」

「確かに、美容師も鍼灸師も同じ匂いがする。身体距離が近い。そこで自分の好みのタイプが微笑んで、髪の毛でもなでようものなら……入れ込む？　まあ、金額にもよるよ」

「そうですよー。なんかあの狭い密着距離、不思議です。恋愛錯覚を招く空間なんだろうなって。現役美容師で若かった頃、私でさえ、何人かに勘違いされました。誕生日にお花を頂いたり。食事に誘われたり、映画やドライブに行ったこともありますよ」

「えっ相手は客だよ。ありなんだ。そういうの」

「千夏さん、どんな出会いでも男と女ですよ」

「すごっ。うぶな私とは違う」

「でも、お店の顔と外の顔は違うんですよ。たいがい三回目のデートぐらいでそれに気づいて続かない。でも、彼のオーラは、カリスマだって行くたびに思う。あっ、その鍼灸師から開業したいって言われたら、私にメールください。で、黒幕は息子だったりして。かあちゃんだまして俺と半分しようかとか」

「ははっ。あなたって」

「私も一五キロ、スリムだった頃、カリスマ美容師でした」

私は彼女のふくよかな腹を指でつつき、

「今は、料理研究家。男もさばけるようになりなさい」

「男はもう、いい」

「ふーん」

# ありのまま

　ワンピース姿で、暑いーって接骨院のドアを押す。受付のあなたは「えっ？　レトロな服着てどうしたんですか。お下がりですか。あーあ暑いから、とうとう」って、言う。

「確かに古い服だけど、その言い方はだめだ。とうとう、なに？　言えないでしょ」と噛みつく。

「気に障ったらごめんごめん」くそ暑いのに説教させんな、ガキ。

「夏だしねー女装もいいかなと。誰も生足もワンピも見てないが、自己満足は大事かと」

「もっと今風のふりふりしたワンピ着れば。それじゃーサザエさんだ」って髪を二つぐくりにした私を笑う。「うるさいな」と私はサンダルを脱ぎ、治療室に向かう。後ろから、

「うわっ、足だけ今風？　えらいことになりましたね」

　あなたの声が治療室に響く。ごぼうみたいな右足に少し筋肉が付いたことがうれしくて、生まれて初めてネイルした。

「見るな。減る」って足をぶらんとさせ、ベッドに腰掛ける。

「調子はどうですか」

「今日は特に痛い」

「うっそだあ。僕がくるから痛くなった？」

「そうよ、あなた、いっそこなきゃいいのに」

あっはは、そんなこと言って、ほんとは……っていう顔をする。このむかつく顔、久しぶりだ。

「あっ僕、もうすぐ夏休みです。夏は僕の顔がいっぱい見れますよ」

でも、あなたは夏に……海水浴でむけた腕の皮を、治療中に私の口の中に入れる。浴衣美女とデートのあくる日、目の下に大きなくまをつくる。

「で、調子は？」

「食欲なくて胃腸が重い。飲みすぎかな」と告げる。

「はい舌出して。うん？確かに舌先がワイン色ですね。でも、赤いのは健康。僕なんて発酵してますよ」と次に自分の舌を出す。

「うわっ、白い。酒通り越してどぶろく？あなた酒好きだもの」「はい、うつ伏せから。酒が強いのは遺伝です」「そう。私、遺伝っていう言葉、嫌いなの」「えっ福本さんは遺伝じゃない」「あっはは、脳性まひは遺伝じゃない。感染」と、あなたの白衣に手を伸ばす。

「あっうつった」って足だけひょいっと一歩下がる。

「でも、これで、ふくもとは救われますねー」と、また背中を押し出す。

「そんなわけないっしょ。バカ。脳性まひは遺伝も感染もしません。もーう、わかってて」「じゃー、なんで遺伝って言葉が嫌いなんですか」「……」

癌も鬱もなんでも遺伝って言ったら片付く。遺伝という言葉は、家族や個人のせいにして、その人を取り巻く状況や環境を考えない。

「あっ背中が汗ばむ、汗かいてない？」

「もーう。聞いてる？　なんで……わっ背中がびっしょびっしょだ」

「拭いて。風邪引く。あっいやかー。なら、ハンカチを背中に入れて」と口元のハンカチを渡す。

「しゃーなしですよ」とキャミの中に突っ込む。「けど、この尋常ならない汗はなんでだろう」

「私にはわかんない。更年期？」「えっ、生理止まった？」「真っ最中」「もーう」「けど、聞いたのはあなたよ」「けど、そんなありのままの返答が」「ケツ押されてるし、カミングアウト」分厚いナプキンがパンツの中でガサゴソ音を立てている。

「まったく。言いたい放題、やりたい放題っすね。更年期だなんて思ってないっしょ。はい、仰向け」

「誰がなにをどう思おうと、いつもなにかは降ってくる」と私は天井を見る。

最近、友人が癌にかかった。「私は癌にかかる人じゃないのよ。癌が空から降ってきたのよ」と沖縄の太陽のように輝く笑顔で彼女は言った。

癌は、ストレスを感じやすい人がなるとか、家族関係がうまくいかないと癌の芽は伸びるとか、心が知らぬ間に癌細胞を作り出している、などなど好き放題に言われる。癌家系などという言葉も、未だにある。人は解明できないものに、理由をつけたがる。

だが、癌にかかる理由なんて本当はない。私たちは癌にかかる時代に生きているだけだ。

人は、障害を持って生まれてくることもある。人だから、長い間かけて病んでしまうこともある。逆に言えば、障害も病も、その人がその人として生きる才能となる可能性を秘めている。だから、大きな顔をして、迷惑をかければいい。痛い痛いとわめき、病めばいい。

私は、これからも、体の傷みも心の痛みも、克服できることはないだろう。そして、それは、きっと、誰が治せるわけでもないだろう。でも、いや、だから今日も痛いありのままの患者の私のそばに、鍼灸師のあなたがいる。

「で、遺伝っていう言葉が嫌いなのはなんで？　なんで、もいいかっ。ふくもとは」

# 秋　一人歩き

## リベンジ

治療室に入り、「小指が痛い」と訴える。

「えっなにした？」と、使い捨ての不織布の紙を口元にセットするあなたの頭に向かって
「息子と喧嘩した」と大きめの声を出す。

「えっ息子と取っ組み合い？　勝てないのに」呆れ顔を上げる。

「だって中三まで勝てたんだもの。気合で」と自慢げに私は胸を張る。

「五年前でしょ。過去の栄光だ。まったく……福本さんから挑んだ？　大学辞めるわ、事故るわ、親戚にも言わず私がどんな思いでって」

「母の思い、よくおわかりで」と苦笑いしながらトレーナーを脱ぐ。

「パンチ、一発ぐらいかませた？」

「太股《ふともも》にダメージ」

「で、福本さんはぼこぼこに」

「うん、ちょっとね。最後には押さえ込まれた」

「そりゃーそうっすよ」

「うん。だけど、どんな形でも、思いをぶつけるのは大事だって思った」

「指を損傷しても？」と背中を押す手が温かく心地よい。

「あっ今日は指先に痛いのがいってて、首の痛みをあまり感じない」

「痛みが分散されて？　あっ首が痛くなったら、今度は僕が指をつぶしましょうか」

私の左手は右手よりひと関節小さい。かろうじて動く親指と人差し指は、ぐにゃぐゃに溶けた鉄砲みたいだ。銃口のように向く人差し指に、あなたは人差し指をあわせ「ET」って言う。「こっこら」って言いながら、ETは、初体験だわって私は笑いをこらえる。くの字に曲がった指を一本一本ゆっくり開きながら「聞いてもいいっすか？」と改まる。

「奇形は生まれつきよ。小さい頃は、木の節みたいに、まったく動かなかった、オルガン弾いているうちに、ここまで開くようになった」一気に話せた。

「ふーん。奇跡の人ですね。というか僕が聞きたいのは、今まで指は痛くなかった？　動かしたり伸ばした時に」

「べつに……手を開こうとして、関節がぽきっとなった時なんて気持ちよかったよ。今は捻挫の痛さかな」

「だったら捻挫ですね。それと、小さい時、左手でジャンケンしよって言われませんでした？」

「あっ言われた。あなた、いじめっこだったでしょ！」と左手を引っ込める。

「僕はいつも素直な良い子でした」

仰向けの私に、「小指は、ネット通販で売ってなかった？」

「まだ見つけてない。検索の仕方がまずかったかな。怖いお兄さん系はまだ。けど、小指だけではないもの」

「五本まとめてお値打ち価格でなきゃね」

「今なら、一本サービスとか」

「あっは」治療の最後に負傷した小指をぎゅーっと握る。

「痛い」って言えないほど痛い。ベッドから跳ね起きる。

「握って痛いなら折れてません」と笑う。

「くそーおのれー。指一本の捻挫でも不便で、シャンプーもできないのに。あっでも、私の汚い髪に触れるのはあなた。シャンプーできなくても、まっいいか」と反撃的に笑う。

「うわー。明日から頭にも消毒液塗りたくろう」

「あっあなた、前から気になってたんだけど。人には消毒液塗りたくるけど。自分はどうなのよ」

「その質問、初めてです。僕はきれい。完璧です」

「自分を疑わない若さがうらやましい」

「自分を疑ったら、おしまいだ」にかって微笑む。

「終わりじゃないよ。始まりだよ」

「老いの始まりですね」

「うっ。また、明日リベンジしてやるう」

「やりますか。さあ、かかってこい」

小指にシップをし終えて、治療台に浅く腰掛け、身構える。

「……」

## 電話友だち

私は、大学卒業後、しばらく信楽焼の下請け工場で事務をとった。ここの経営者は、障害者も健常者もみんなで、できることを労働と認め、かつ利益を上げようとした。一人暮らしを始めたばかりの私を思ってか、職場からの研修として、アパート近くの老人ホームに週一回通うことを命じられた。そこには、同じ年頃の女の子たちが、昼夜問わず懸命に働く姿があった。

彼女たちとすぐに仲良くなり、共同マンションにもよく訪ねた。彼女たちはきれいな3LDKを三人でおしゃれに使っていた、古いが縁側の付いた一人では広い2DKのアパートに住む私は、淋しい時に彼女たちを訪ねた。いつも、誰かの顔があった。彼女たちは、それぞれが、一人になりたい時に私を訪ねた。

地方の音楽短大、ピアノ科を卒業した天然キャラのしょこたんとは、特に気があった。夜中にイヤホンを片方ずつして、ピアノを弾いた。彼（後の夫）と喧嘩した日は、ショパンを連弾した。「よりによって別れの曲って」と泣き顔の私に、「だってもうすぐバイバイなんでしょ」って言った。

あれから同じ月日を重ねて、まさか、本当に夫とバイバイするなんて……。

その後も、横浜に移り住んだしょこたんとは、音信が途絶えることはなく、何年かに一度は会う。子連れのディズニーランドにも快く同行してくれた。

夫の死後は、まだ会っていないが、独りになった私に、よく電話をくれる。一番最近会った友だちだと勘違いしてしまうほどだ。彼女は二〇代半ばに離婚し、経済的にも精神的にも独りで生きてきた。ビデオショップを経営しているので、映画の話もよくする。

彼女は、血のつながらない老人とインコと住んでいる。マンションの更新が切れた時、お客さんとして出会っていた老夫婦の家に一時身を寄せた。その年から年賀状の住所は、老夫婦宅だ。「擬似家族まだ続いてんの」と不思議がる私に「擬似だからね」と軽く答える。

「泊まりにおいで、いつでも。あっトイレくさいけど」と付け加える。

「えっ大きなお屋敷でしょ」

「老夫婦だよ。いつも間に合うとは限らない。私も、掃除はいやだし。家はでかいよ。部屋もたくさん余ってる」

トイレだけがくさいお屋敷かー。家にも心にも擬似家族として長年暮らせる距離感があるんだなって思った。夫の死の直後、彼女の母が、難病にかかった。状態はあまり良くなく、彼女は毎月、関東と九州を飛行機で往復している。病室での寝泊りの翌日、ショップで仕事をする。

電話口でしょこたんは「孫の顔が見られないのが心残りだって、母に会いに行くたび泣かれる」と言う。

「母親は好きなことを言うのよ。うちなんて、夫に先立たれたあと、すぐに再婚しなさいだもん。人生、自分のために生きたらいいの」

「ちなちゃん、体は元気なの？　さっき電話に出なかったから心配した」

「うんち。しょこたんの電話の時っていつもトイレタイムなのよ」

「うっはは。ねえ、便秘の時ってどうしてる」

「食事、運動、きばる。それでも、だめな時は鍼灸師」

「鍼灸師かー。さすがちなちゃん、いい手を。若いにいちゃんに触ってもらえる」

「あのなー、そんなおばちゃんの露骨な言い方、やめなさい」

見方によっては、三〇歳そこそこに見える、かわいいお顔のしょこたんの言葉とは思えない。

「おなかに針刺されるって、かなり勇気いるよ。でも、なんで、鍼灸師が男の子って？」

「わかるよ。かわいい子でしょ」

「あっは。でも。かなり、むかつくよ」

「私も最近腕が痛くて」

「誰も構ってくれないよ、私たち。今度こっちにくる時は、保険証持っておいで。あなたも酷使で慢性化した腱鞘炎を診てもらったら」

「治療痛くない？」

「痛い時もある。その子、ドSだから」

「ふふ。ちなちゃん、龍君は元気？」

「うん。元気は元気になった。大学辞めて、どういうわけか浪人生。来年の春はどこでなにをするのやら。子供がいても……だから、その年でギネス出産みたいなことは考えなさんな。あなた子供欲しいの？　母は母の思いで生きているだけ。いちいち言うこと聞けるはずないでしょ」

「ちなちゃん、会いたい」

「しょこたん、親孝行なんて考えなくていいのよ」受話器越しに彼女の疲れている顔がある。

「ちなちゃんは強いね」

「……」電話はいい。互いに顔が見えず、笑い声だけを届けられる。

彼女は限定された私の電話友だち。言語障害を持つ私の言葉を電話で聞き取り、いっしょに笑いのつぼに漬かれる人は数少ない。電話は表情も口の開き方も見えない。

彼女は私の言葉を、無意識のうちに想像できる。だから、擬似家族も続けられるのかもしれない。

「ちなちゃん、温泉いかない？」話を切り替える。

「いいね。そっちは伊豆・熱海が近い」

「こっちまできてくれたら、ずっと車椅子押すよ」

「車椅子を押してたら、いい女に見られる。いい男に出会えるかもね」

「そうそう、それを狙ってるのよ」

「あっはは、大きなストレッチに乗っていくわ」

「救急車で？　旅行経費が浮いて、病院宿泊もいいかも」

「けど、付き添い用のボンボンベッドって寝にくいよ」

「そうそう、ちなちゃん、わかる？　小さいから、体をくの字に曲げる。朝起きたら、腰が痛くてたまらんの」

「だよね。無理したらだめよ」

病人の付き添いを長くした、四〇代の女のリアルな会話。人の痛みがわかるって、こういうことなのかもしれない。体と心で経験しないとわからない。

## 今という進行形

最近、あなたは小説や映画の話を時折する。相槌も打てない私に「どんな生活をしてるんですか。今を知らなきゃ、今を生きなきゃー」と口を尖らす。

夫の死後、ようやく街に出はじめた私。大型ショップで「カードをご提示くだされば」と言われても、ファーストフード店で「今なら、なんとかとなんとかをセットにされますとお得ですが」と言われても、えっ？　て首をひねる。浦島太郎のようだ。

夫の葬式の日、母より一六歳年下の弟、いつもは寡黙な叔父が目に涙をためて言った。

「世の中、知っても知らなくても、どっちでもいいことばっかりや。生活のこまごまとしたことなんてたいしたことはない。これから、ちいちゃんは……なにかあったら誰かに聞きなさい。手を借りなさい。みんなそうして生きているんだから」って。

　夫の一周忌をカメラに収めてくれた若者たちも、今という時間から置き去りになっている私を心配してか、時折メールをくれる。

《一周忌のビデオ、編集中の梶井です。何年か経って、このビデオを見て千夏さんが思い出にできればいいのですが。時間はそんなに都合よく経ってくれませんよね。僕は親父がなくなった頃の記憶ってほとんど思い出せなくなっているんです。親父が元気だった頃のことも……記憶ってなんなんだろうって最近よく考えます。だけど、やっぱり人間って、現在進行形の今を生きているので、今を大切にするっていうのも、重要だなって思います。夫さんがいないこととも向き合い、息子さんとの現在の関係とも向き合う。全部乗り越えていく強さ、千夏さんにはあると思います。体には気をつけて無理せずに、千夏さんも、今を少しずつ楽しんでください。みんなで山形映画祭で盛り上がりましょう》

　強く優しい彼の言葉に励まされる。同時に、うちの二〇歳の息子は、父の死をどう受け止め、どんな思いで今を生きているんだろうと考える。

　この夜、鍵が開いている息子の散在した部屋を見渡す。パソコンの明かりがさす壁際のベッドの息子の背中に、私は独り言のようにつぶやく。

「なあーにいちゃん、少し部屋を片付けたら。コンビニでお茶やおにぎり買うな。そのくらい自分で作んなさい。にいちゃん、母さんいなくなったら、どうする」

むくっと起き上がり、寝言のように、「父さんがいなくなって、母さんがいなくなっても俺は生きるよ。心配すんな。それに、人は死ぬ。五歳であっても一〇歳であっても。明日のことはわからない。でも、明日を信じて今日を精一杯に生きるしか……」

「にいちゃん……」この瞬間、なんだかほっとした。

「だから、おかん眉毛剃ろう！　明日を信じて今日を、うん」ってベッドをまたぎ部屋から出てくる。「なんで眉毛なんよ！」

「こないだ茶髪にしたら、太い眉が気になるって言ってたやん。だから、俺が勇気を出して剃ったろかなって」「それって、なんか違う気が」「そっかー。嫌ならいいけど。あっおかん、明日から東北？　楽しんでこいよ。はよ寝ろ。おやすみ」ってドアを閉める。

「龍、ご飯は？」母は扉越しになった息子に叫ぶ。

「さっき、白菜と卵でラーメン作って食べた。おかんもよかったら」と台所には、大きく切った白菜の山！


翌日、朝一番の治療室。

「旅行は荷物とかが大変じゃないですか」

「大丈夫。荷物は友人宅に送った。途中から山形映画祭に行っている若い子たちといっしょだし」

「ふーん。うれしそうに空のリュックしょって。福本さんは荷物なんて持ったことないでしょ?」「うん」だから、夫と出会った。


夫と初めて会ったのは、オルガンのイベントの帰り道。

私と同じ街に住んでいた筋ジストロフィーの青年が、行政の痰吸引器支給が遅れたために命を奪われた。「救えたはずの命を、あなたたちが断ったんですよ」と車椅子から落ちそうになる勢いで、市役所の机をたたいた友人の顔を忘れない。筋ジストロフィーは全身の筋肉が低下していく難病だ。骨格筋から内臓筋に進行し、呼吸筋力が低下してくると、痰が出しにくくなる。

彼はこの症状が出る前から、痰吸引器を申請していた。

自立障害者や介護ステーションやヘルパーという言葉もなかった時代。

「施設はもう嫌や。食べたいもん食べて、見たいもん見て生きたい。時間に限りがあるのは、みんないっしょやけど……」と学生たちと細い命綱をつくり、命を充実させたくて命を削って、アパートで暮らし始めた矢先だった。

「後から、俺みたいな奴が出てくるかもしれへん」とわずかな支援や制度を行政に申請する彼の後ろ姿を私は見られなかった。でも、友人の、「千夏、このことを覚えといてな」

と流した涙は見た。一年後、追悼記念イベントを行った。金万里、率いる障害者の身体表現「劇団・態変」の公演の前座に、私は詩とオルガンの小さな会をした。

このイベントがきっかけで当時学生だった夫と知り合った。

楽譜が入った大きな鞄を抱えきれずに、私は隣を歩くのちの夫に、「荷物持って」って言った。初対面の彼に、なんのためらいもなく、自然にすっと口を突いた。「いいよ」って私が肩に担いでいた大きな鞄を、綱渡りみたいに自分の肩へ滑らせた。そして、小さい左手を包むように、優しくつないで歩き出した。

二一年間、丸ごとの私を抱きかかえた夫はもういない。

一人旅に出るリュックには、高校教師だった夫が最後に関わって書いた卒業文集の一枚のページだけを入れている。

◆日本での行きたい場所―東北（夫はもう一度、東北のどこのどんな景色が見たかったのだろう）◆海外での行きたい場所―プラハ◆年代を飛び越えて会いたい人―ソクラテス（私は、あなたに時空を飛び越えて会いたい）◆一〇年後のあなたの姿は―の問いには空欄になっていた。空欄に託した夫の思い……迫りくる癌細胞が書かせてはくれなかった。

治療が済み、靴を履き、リュックを背負う。体に沿うように左右の紐の長さを調節してくれる。「あっありがと」「はい、これでよし！　温泉に浸かって、散歩に筋トレで鍼灸師いらずですね」「うん？」「飛行機から暴れて落ちないでくださいよ。電車も止めないでください。足元には気をつけて。変わる景色を楽しんできて。お天気でよかった」

## 生きてるだけで

私は、ある情報誌に、エッセイや対談文を書いている。月一回の編集会議で、キャラが濃い先輩たちに会えるのは楽しみだ。

が、今日は校正中、ある女性障害者の原稿を、最後まで読めなかった。

彼女は、小児まひ（ポリオ）で片足を少し引きずって歩き続けてきた。若い頃は教師として働き、結婚退職。二人の息子と庭付き一戸建てに住む。教師になった上の息子の結婚を前に悩んでいる文面。

《結婚式にはドレス。ドレスにはハイヒールと決まっている。だが、私はハイヒールを履いて歩きづらい》

彼女は、私の失くした健全そうにみえる家族の風景を持つ。羨ましい気持ちが、ねたみに変わりそうになる。息が詰まり苦しくなる。

「どうした？」って隣の麻子さんから声がかかる。麻子さんは、四つ年上の四人の子供を持つ編集部員だ。「うん。最近、老眼がきつくって」と目をこする。が、麻子さんは私より先に私の涙に気づく。背中をさすってくれている。えっ私、泣いてるんだ。

その様子に気がついたのか、「この人って、相変わらず美脚にこだわるねー」この団体の長老、牧さんが少し大きめの声で言う。

夫が健在だった頃は、なまじ健常者に近い足を持つ悲しさを共感できたのに……。

「わかる気がする。でも、私は、ハイヒール履きたかったら、今は車椅子に乗るしかない。息子の結婚式には、ミニスカートにハイヒールで、真っ赤な髪で出ようかな」と強がる。

「そんな格好だと、式に呼んでくれないかも」麻子さんは口を尖らせる。

「あの息子ならあんたの車椅子を堂々と押す。心配ない」編集長・河野のおっちゃんがいつものぶっきらぼうな口調で言う。

「みんなで……行ったってください」

「うわー完全にぶち壊しやがな。あっ、それがちなっちゃんの狙いか」牧さんのいたずらっぽい目が光る。「ばれました。あっはは」

「で、そんな話あるん?」と声がダンディーな小林副編。

「ないない」と手を振る私を、牧さんは、「ちなっちゃん。ぼちぼち本気で書いてみたら。今だから言える亡き夫へのラブレターとかさ」と見据える。

「まんまでいいのよ」と頷く麻子さん。

人は生かされている。なにかの力でなにかの理由で。そして生きる。それが生であり死である。あなたは書くことで、それを知ることができる。人生の一歩をまた進めることができる。ここにいる我々と同じっていうみんなの顔。

「もう少し待ってください」「次回からページ数、何枚でもあけとくわ」と、牧さんはすべてを包み込むような微笑みを向ける。

編集長が、「こいつ、一つも書けないのに」と舌打ちをする。

「あっはは」

副編が「笑ってごまかすな」とすかさず突っ込む。

「すっすみません」

編集長に車でマンションの下まで送ってもらう。

彼は、夫が逝く一年前に、連れ合いさんを亡くした。かなこさんも癌を生き抜いた教師だった。乳癌が脳転移しても決して諦めなかった。日付けが変わる長時間の手術。副作用の苦しみを伴う抗癌剤治療。きっと想像に絶する日々を生きた。「僕は彼女が元気だった頃より、癌になってからの五年間の記憶のほうが鮮明なんや」と車のハンドルを見つめる。

「私もそうです。あっちょっと待っていてください」と、止まった車から出て、家に用意してあった花束をとりに上がる。

「ありがとう、かなこは花が好きやった」

「一度もお会いしたことはないのですが、生きてはるだけで、私たちの希望でした。でも、生きているだけでよかったのにって思うのは、死んでしまったから思うんでしょうか」

「いや、あんたなら、夫さんがどんな状況でも、最期の日まできっと生きているだけでいいと思ったやろ。人は生きてるだけでいいんよ。それが人権や。人は生きる権利がある。あんたも……生きてかんとな。一人ででも」

「死ねませんもの」

「しっかり寝て、しっかり起きや」という編集長の車に、私は涙がこぼれぬように懸命に手を振る。


しばらくして帰ってきた息子に「首、押して」って青い顔で頼む。

「ノート代くれたらもんだってもいいで」

「お願い」って椅子に座る。

「めっちゃ硬い。バリバリやー。まっとりあえず、生きとけやー」と三分も経たないうちに手を離す。「もーう、にいちゃん」

届いた宅配ピザを、息子とごみだらけのリビングで食べながら洋楽のDVDをみる。ピザをナイフで切りながら、「こんなに細かくせな食べられへんか？　ったく、わがまま」

き出す。

「だってー。今日は飲み込みが悪い。龍ちゃん、コーラ、コップに半分入れて」と顎を突きだす。

とぼやく。

「そのくらい自分でしろ」「だって、首が痛いもん」

「もーう」と言いながら、横目で飲み込みを確認している。

「おかん、このバンドむっちゃ好きやな。あっ今月くるし、行ってきたら」

「東京ちゃうの。一人じゃ無理。死ぬ覚悟するなら、行けるかも」

「好きなことして、死んだらしゃーない。俺のおかんやったら行くって。行けるって。生きるってそういうことやん。夜間バスでは、薬でぼおーっとしてたらいい。コンサートは一回立ったらいいだけ。オールスタンディングやから、たちっぱ。限界きたら倒れろ。大丈夫。七年ぶりの来日やて」

「ふーん。生きるってそういうこと?」

「うん。そうそう。あっおかん、接骨院行くんやったら車で送って行ったろか」

「うん、けど、なんで今から行くってわかったの」

「ごそごそ着替えてるし、新型(インフルエンザ)にいちゃん復帰?」

「あっ今日、針してもらうから、襟元が開いたこれがいいかと」

「うわっ。それ俺の高校生の時のタンクトップやんけ。まっいいけど。行くぞー」

車中、わずかな振動もこたえる。痛む首を自分でさする。

「首痛いんやー。おかんを二週間もほっといて、ぶっ殺す」

「そんな怖いこと言わないの、みんな……生きているだけでいいのよ」

「えっそんなに？」一瞬、顔を横に向け、意味深に笑う。

「もーう。危ない。私が一番生きていてほしいのは、龍ちゃん、あんたなんよ」

「おっ俺か、おかん、ほんまに？　着いたぞー」

「龍ちゃん、車の運転、気をつけてよ。生きてるだけで……」

「もういいから。はよ降りろ。ここで車を止めてるのが一番危ない」

## さよならだけが人生さ

二週間ぶりの治療室。

「あなたが新型インフルエンザにかかるとはね。どの面下げて」と顔を見る。

「すみません。ご心配かけて」ぺこっと頭を下げる。

「べっ別に。自分の首が取れるのが、心配なだけで」

「ですよね。あっ明日から、教育実習で僕、四日間いない」

「はあ？」奇異な大声が院内にとどろく。声の強弱のコントロールもできない私。

「声、でかすぎだって」

「誰が原因？　あなた、好き勝手じゃない」「でも、福本さんも東北へ」

「で、帰ってきたら、あなたがいなくなってた」

「あの日、福本さんがくる少し前に、院長に頼んで帰ったんです」

「移されなくてよかった。が、無理しないで、休めばよかったのに」

「そう簡単には。くる時は大丈夫だったし」

「あなたは大丈夫。でも、患者は？」

　そんなこと言ったって、仕方ないじゃないですかっていう顔。右腕を押す目の周りには、くまが出ている。

「教育実習も体力勝負よ」と要らぬ心配をする。

「えっ福本さん、教育実習に行ったの」って驚いた顔に変わる。

「うん。中学、高校、養護学校の教免、あなた買う？」

「あっは。僕は専門学校で先生してきます」

「もうじきその面とも……まあ、就職も縁のものだからね」あなたは大学で鍼灸師の国家試験を通った後、教員養成課で学びながら、ここで勤務している。

「春にはさよならかー」とうそぶく私の背がよほど不安げだったのだろう。

「そんなに簡単に見捨てやしません」って背中を二つ叩く。「ふふ、偉そうに」「だってふくもとの体は、もう僕なしには」「言うねー」とうつ伏せのまま大声で笑う。

お灸を置きながら、「あっ足に毛が。ねえ、ここぶつけた？　膝の形こんなだったっけ」「毛？　足なんてずっと見てないし。誰かがいないと、乙女じゃなくなる」って鍼灸道具を片付けるあなたの隣で、なんの躊躇もなく服を脱ぎ着する。さっとカーテンを引き、「乙女じゃなくても閉めて」と怒る。

首の激痛の激がとれ、なんとか動く右腕になる。帰宅しパソコンを開いていたら、「よっただいま。針してもらった？」と息子が肩をたたく。

「うん。龍ちゃん。ご飯食べる」「よかったな、ちょっと楽そうやん」

パソコンを閉じ、台所に立つケツをポーンと叩く。

「これっケツ叩くな」「叩いてやってるんやんか。ありがとうは？」「ありがと……なんでやねん」「おばさんはケツ叩いたら、喜ぶもんやんか」「こらっ龍。おばさんにも乙女心はある」「うわっ乙女ってか。きっしょー。ひょっとしておかん、それ接骨院で言ってないか」「あっはは。今日言ったかも」

「お前、それこそセクハラやぞ」「なにもしてないよ」「だから、おばさんが乙女って言うだけでセクハラなんよ」「うっ。そんなこと言われても。だったら、龍ちゃん、聞いたら？うちのおかん、セクハラしてませんかって」「聞いて、してますって言われたらどうするん」「してません。いいかげんにしなさい！」

二人でこんなふうにリビングで笑えるようになった。

去年の今頃、私たちは家族ではなかった。長年、目の前にいた人の突然の死。受け止められず、私は死にたいと泣いていた。息子のあなたは、ベッドの中から出てこなかった。顔を合わせれば、互いを傷つけた。私たちはあの人から愛されていた。愛された分だけ悲しい。涙は愛された証。が、これから、私たちは、自分を愛し、自分で生きることを学ばなくてはいけない。

東北旅行の写真を見ながら、二人で肉じゃがを食べる。「おかん、犬と戯れてるやん。犬飼おう！　仙台のかえでちゃんの犬に子供ができたら取りに行こう。うちも二人と一匹の家族や」「家族かー。いいねー」「やろー」「でも、龍ちゃん、いつでも出て行きや。家族はどこにいても……」家族だから。

この子がいるから、私は生きてきた。これからも、生きていくのだろう。だから、私が最期の時、「やっと父さんに会える」なんて言ったら、息子はきっと嘆くだろう。

さよならから始める人生も、あるのかもしれない。

## 連れ込み事件

「それが、昨日着てくる勇気がなかったオーバーオールですか?」受付にいた別のスタッフに声をかけられる。

「なんで知ってるの。あのおしゃべりが」靴を脱ぎながら言う。

「違います。僕しゃべってません。福本さんの声が聞こえていたんです。なんでも、まるぎこえー」って鍼灸道具を用意しながら、診察室のカーテンを開ける。

「みんな興味津々だったんだ。見て見て、おばさんのオーバーオール姿」と胸を張る。なんともいえないスタッフの顔。

「なんだか、ちんちくりんぽい。上も短いし」と上着の裾をあなたは引っ張る。

「無理しなくていいよ。店員さんにも、値段もかわいいので、受け狙いで買いますって言ったんだから」と治療室に入る。「調子はどうですか」といつもの冷静な問いに、

「膝と腰が痛い」と即答。

「はい、お灸と針しましょ。脱いでください」「ぶっふふ。お灸はいいわ」「えっどうして? 僕、しばらくいませんよ」「これ、脱いだら着れないかも。だったら、着てくんなっちゅう話だよね。ややこしいことになったら、手伝ってくれる?」「別にいいですよ。

スパッツは履いてますよね」「うん」「なら、あっこれ、胸当てがボタンでついているんだ」とオーバーオールを解体しにかかる。

「ボタンとらなくても、脱ぐのは自分で脱げます」ってベッドに浅く座りながら、腰からオーバーオールを抜こうと、軽くジャンプする。そのたびにお尻の位置が横にずれる。脱ぐのに夢中な私はそのことに気がつかない。ベッドがない場所へ体ごと落下させてしまうまで。ふわっと一瞬、体が浮いた感じがした。私、ベッドから落ちた？

「大丈夫ですか」と言いながら、あなたは完全に笑いのつぼにはまっている。

「受け狙いじゃないよ」真顔で言う。

「わかってます」ってことこと笑う。

「けど、あなたってほんとに手を貸さないわね」手足をじたばたさせて起き上がる。

「はは、とっさのことで。あっよく診せて。ぶつけたのは、頭と膝と右肩だけですよね」と確認する。

「よくあるんですか。こういうこと」「ないない。転んだの久しぶり。あなた、なにかしたでしょ」「してませんって」

あがった息も収まり、お灸に両足を投げ出しながら、

「あっ一昨日、息子が、若い男の子を拾ってきて」「えっ？」

「いっしょに飲んでいだ友だちが、酔いつぶれたらしくて」「ふーん」

「で、息子に、女の子を拾ってきたことはあるのって聞いたら」

「そしたら？」

「あるって言うの。私、気づかなかったみたいで。あの時、おかん、ぱーっと俺の部屋を開けておやすみって寝た。彼女をベッドの中に隠したって。うちのおかんは、アホか大物かって思ったって」

「福本さん、酔ってたんじゃ」

「かなー。人の気配はなんとなく感じたのよ。でも、まさかね。母の盲点よ。今になって言うか？　黙っときゃいいのに」

「福本さんが聞くから言ったんです。もーう、勝手なんだから」

「えっ勝手なのはどっちよ」

「息子も連れ込み事件なんて起こさなくても、堂々と……」

「いや、夜中に堂々と玄関から入ってきたら、息子に送って帰らす。少なくとも、部屋は別々よ。なにもそんな狭いところで寝なくてもいいって」

「だから……狭いところで寝たいんですって」

「そんなこと、わかっていても、母は許さない。まあ、気持ちは」

「わかるんだ。ひょっとして福本さんも連れ込んだ？」

「違う。私は玄関から堂々と。その後」

「えっ」

「追及するな！　私も昔は若かった」

「今でも若いですって、オーバーオール着てるし」

「転んでもね」

あなたはこみあげる笑いを堪えきれない。

「まだ笑ってるし。あと一週間は笑えるでしょう」

「ですねー。あっ福本さんのオーバーオール姿、ドラえもんみたい。胸に大きなポケットついてるし」


大きなポケットから、若い頃の私が顔を出す。

両親に初めて彼を紹介した日も、オーバーオールを着ていた。夜も深い時間、突然の娘の行動に、

「あらまあ。こんな格好ですみません」ってあわてながらも快く寝巻き姿で迎えてくれた。

「僕のほうこそ、こんな時間にすみません」って玄関で夫は頭を下げた。張り詰めた空気の中、私は「送ってもらったんだ」と手をポケットに入れて、横を向き部外者のように言う。

「どうぞ中に。寒いですから、暖まって行ってください。いけるんでしょう」と母は熱燗

の用意をする。「僕は、飲めないので一口だけ」と父。「ありがとうございます。遠慮なくいただきます」と、なんとなく、ゆるい雰囲気になった頃、

「あのさー、今日二人でここに泊まってもいい？　なんだか、滋賀まで帰るのがいやになっちゃった。彼も、アパートの更新が切れちゃってるのよ」って私。声を覆いかぶせるように夫は「なっちゃん」とあわてた。

「泊まっていきなさい」と母が言う。日頃めったに帰ってこない娘とその彼をうれしそうに眺め、頷く父。「おやすみなさい」みんながあいさつして、静まり返った真夜中、隣の部屋の夫の布団に忍び込む。

「なっちゃん？」って酔ってあまり意識がないまま、夫は私を抱きしめる。

が、翌朝、「なっちゃん！」と夫は跳ね起きた。

「もーう、いつの間に」って四人で笑った。

朝食の後、駅までの道すがら、母は言ったらしい。

「あんな子供、大丈夫？　傷つけられて返品されても……今なら、返してくれたら、私たちの子供として」

「なっちゃんは、しっかりしてますよ。お母さんが知らないだけで。それに僕たちはもう引き返せない」と夫は真剣な顔で言った。

「今日もうちに帰ってきなさい。住まいが落ち着くまでよかったら」

その日の夜から、両親の隣の部屋に二組並べて布団が敷かれた、最初から四人家族だったかのような数日だった。

「俺が死ぬ時は、この子を連れていこうかとずっと思っていた。それが君と出会って……」父は言葉を詰まらせた。

「なっちゃんを一生守ります」と夫は誓った。結婚式の前日、私が知らないところで交わされた男と男の約束。

ホスピスに入って間もない、意識も言葉も完全に自分で操れていた時、「お父さん、約束を守れなくてすみません」とベッドの傍らの父に言った。

父は黙ったままだった。

「あいつは……いい男やった。ほんまに」

一周忌の青い夏空の下で、私は生まれて初めて父の涙を見た。

治療が済み、会計をしながら、

「今日は後半、静かでしたね」「前半、はしゃぎすぎた」「ははっ。今度、息子の連れ込みを目撃したら福本さんもベッドに入っていったら？」「うん？　ベッドから、また、ぶっ飛ぶかも」「大丈夫です。今日みたいに上手く飛べば」ってまた笑う。

## いじめっ子

「今日は、なんだか元気がないですね」背を押しながら言う。

「いじめ……」

「いじめじゃないです。これは治療です」

「そうじゃなくて、ここにくる時、中学生のいじめ」

「えっ福本さん、中学生にいじめられたの？」

「違う。いじめの現場」

「黙殺した？　そりゃーしゃーないです。福本さんは見て見ぬふりしなきゃ危ない」

「はじめは、喧嘩なのか、いじめなのか、わからなくて。男の子って微妙じゃん」

「ですよー。喧嘩だったんだって。それに仮にいじめだったとしても……」

「おっとー、それ以上言うな。あなたはいじめられた経験がないでしょ。いじめは絶対だめ。いじめられる側には、いじめられる理由も問題もない。いじめるほうが悪い」

「力説しましたね」

「ふぅー」うつ伏せであげたまま話す首が痛い。ったく、ここでなにやってんだか。

いつもは、治療室の窓から見るだけの下の広場で、缶コーヒーを手に、銀杏の葉を揺らす風に吹かれていた。

　赤帽の子が「いややや。今日は行きたくない。いややー」というジャージ姿の子の頭を抱え、座りかかるのを引きずる。男子二人の姿は、小競り合いのようにも映った。が、赤帽は「大丈夫。今日は仲間はずれにしないから」と意地悪な笑みを浮かべる。「いややー、絶対」とジャージ姿の子は泣き声になる。

「今日は、あれしないやんな。みんな」と、赤帽は大きな声で言う。後ろから、ズン・ズン・ズンと、少年三人が肩を組み、足並み揃えてやってくる。人の痛みなど、知るよしもない幼い面々が、私の横を通り過ぎる。

　一瞬の沈黙の後、三人顔を見あわせ、あざけ笑う声が、うす暗い広場に響く。人を見下げる目つき。なにか汚いものを避けるようなしぐさ。私の中のいじめ探知機がキャッチした。こいつらはいじめっ子だ。


　真っ暗な冬の入り口に、いじめにあったことを思い出す。

　高校受験が近い時期、私は小さな個人塾に通っていた。同じ団地の小学校の時、いじめっ子だった二人組もいた。塾から家に帰る道は二通り。一つは公園沿いの薄暗い遠道。

もう一つは、手すりがない階段の前に溝がある近道。元気な三歳児なら、軽く飛び越えられそうなこの溝の前で、いつも私は立ちすくむ。

ある日、「公園は危ないから、うちらと近道しよっ」と二人組は優しい声を出した。「あれ？」っておかしな感じはした。「でも、もう、中学生なんだし、今さらいじめなんて」と彼女たちの改心を信じた。

が、彼女たちは、溝を挟んで私を動けなくした。「訓練や！　渡り」

私は、体をこわばらせて、手足を引きつらせて、なんども溝を往復させられた。この手のいじめは巧妙でばれにくく、ばれても言い訳が立つ。

これを聞いた仲良しの妙ちゃんは、激怒した。「千夏、行くでー」

小六の冬、公園でおっさんのぶつを見せられてから、暗闇が怖い妙ちゃんが、この日から決死の覚悟で、私の手を引き、薄暗い不気味な公園を駆け抜けてくれた。

一〇年後、二二歳の時、同じ公園で再びぶつを見せられた。「で、なに？　バーカ。ぎゃー」と、最強になった妙ちゃんが力の限り叫び、そのおっさんは、お縄になった。

同じ頃、私も、いじめっ子の片割れと家の近くでばったり会った。知らん顔で通り過ぎようとした私に、「ちなっちゃん？」って後ろから声がかかった。振り返ろうと、体のバランスを崩し、尻もちをついた。私は、「あっ中学生の時、いじめっ子だったかおりちゃん？」ってとっさに大きな声が出た。

「大丈夫ですか」と隣にいた彼らしき人が駆け寄る。私は「うん。小さい頃、彼女にはよくこかされたから」と言った。

この日以来、かおりの横から、このイケメンは消えた。


あの時、ハッと驚いたかおりの顔。

治療中、仰向けで思い出し笑いをする私に、あなたは、

「福本さん、いじめられた？」

「聞かなくてもわかるでしょ。障害児だよ。いろいろあった」

「でも、一概には言えない」「えっ？」

「だって福本さん、笑ってんだもん」

「うっふふ、そうね、あなたも手加減していじめなさい」「だから、これは治療だって」

「だって、痛い。治療という名の虐待」散針するあなたの右手を掴む。

いじめられっ子？　の患者は、もういいって仰向けの首を左右に振る。

いじめっ子？　の鍼灸師は、よくないって首を振る。

## ハイビスカス

年中ハイビスカスが咲く沖縄が、私たち家族は好きだった。夫と冬の沖縄で買ったハイビスカス。翌年の夫が逝った夏は咲かなかった。次の夏もつぼみのままだった。が、冬近い今になって、薄いピンクの小さい花が咲いた。初めて気づいたのだが、プランターのハイビスカスは、一度にばっと咲かない。一つが咲き、しぼむと、また別のつぼみが咲く。これを繰り返す。

ハイビスカスが、一つが終わると一つが始まるのだと教えてくれているようだ。

去年の冬、私は、息子を置いて友人と沖縄に行った。

息子は父の死後、寝たおしながら部活や短期間のバイトをする生活だった。が、ある小雪舞う日から、部活の総会だと着ていった黒いスーツが、部屋に戻ってこなくなった。机には、ウィスキー○円、フィズ○円、ウーロン茶○円、フルーツ盛り合わせ○円と書かれたメモが置かれていた。その下から○○クラブ、息子の字で「岬翔馬」と書かれた名刺が出てきた。昼夜逆転で、昼頃起きて、再放送のドラマやワイドショー、ニュース番組を見ている。私の頭の中で、かちんとパズルがはまった。ホスト。コンビニの深夜バイトではなく、この子、今ホストをしてるんだ。部屋の電気を赤々つけたままの寝顔は、母の瞳には無垢なものに映る。

私は知ってしまった事実を、息子にすぐに突きつけられなかった。この時、私は、息子の父を失くしたやるせなさ、不安、悲しみ、ぶつけどころがない怒りを、想像できずにいた。自分だけがすべての悲しみを背負った顔で、毎夜泣いていた。だから、息子の異変に気づかないふりをして、沖縄に行けた。

沖縄では、蒼い海とオレンジの夕焼けと温かい人たちが、命を奮い立たせた。起きている間は、たえずおいしいものを口にした。夜は「あー私、生きていてもいいんだ」って三〇年来の友人に心をゆだねた。

「ちなっちゃん……苦しむのはもうやめよう。生きていくのに罪悪心はいらない」と友人のんちゃんは言った。私たちにそれ以外に言葉は必要なく、互いの寝息を聞き、安堵感に満たされて眠った。

沖縄最後の夜、私たちは繁華街に繰り出した。酔って乗ったタクシーは、なかなか進まない。窓越しに黒いスーツに身を包んだ男の子と目が合う。黒縁の眼鏡のレンズの下には、まだきれいで幼さが残る少し悲しげな瞳。あー息子と同じ目だって思った。見知らぬホストらしきその子が会釈する。車中の数秒間、私は、彼から視線をそらせずにいた。彼の後ろでハイビスカスが揺れていた。「龍……」と息子の名を口にした。

沖縄から帰阪する飛行機の中で、息子と向き合おうと私は決心した。

「龍ちゃん、あなた、私に隠れて、なにかしてるでしょ」と口火を切った。

「うん、ばれてるんならいいっしょ」

「よくない。なんで言わない。自分のしていることに、後ろめたさがあるからでしょ」

「ないよ。ホスト見習いのどこが悪い。みんな誇りを持って夢を売ってる」ってベッドの上であぐらをかき、顔を上げる。

「君が、誇りを持って、仕事として選ぶならいい。でも、あんた、自分もまだ夢見て生きはじめてないのに……夢は自分で見るもの。売ったり買ったりするものじゃない。夢じゃなくて、夢のようなまやかしの時間を売ることに、あなたが誇りを持てるなら止めない。でも、それなら母さん、あんたの店に毎日行くからね、五百円玉一つ握って動かないから。さあ、店の名前、教えなさい」と詰め寄った。

翌日、雪が舞う真夜中、決死の覚悟で、激痛を痛み止めで抑えて、タクシーを飛ばす。息子の店の前に立つ。朝帰りの息子に、店に行ったことを告げると、

「お前、ほんまにきたんや。けど、おらんかったやろ。その時間、見習いはティッシュ配り、明け方に店で少し飲んで、片付けて、これで一日五〇〇〇円。時給換算したら五〇〇円。決して楽なことはない。けど母ちゃんって……なあ、もう少し見といてくれへんか。

もうすぐ見切りつけるから」と言う。

二週間の見習い後、岬翔馬という源氏名は世に出なかった。が、この後の携帯電話の請求書に、私は唖然とした。

「はっ八万円⁉」

「この業界は資本が要る。俺には資本回収する能力はない。だから、ホストは見習いだけでやめた」

「龍、けど、なんで？」

「まあ冒険やね。それに……おかんが、お前にはホストはできないって」

「えっ遅まきながらの反抗期？」「社会勉強というべきか」

「龍、高いこの授業料だけは自分で払いなさいよ。さんざん、ベッドの中にいて、いきなり起きて、私の知らない社会勉強して」

「おかん……」「心配するのは親だからなんだけど、必要以上にはね。うっ、首が痛い。請求書で首が回らん」って叫ぶ。

「ご、ごめん。薬と水置いとくから、はよ寝ろ」って布団を敷き出す。

「あんたは、もおおう。首の一つもさすんなさい」って泣き出しそうに言う。

「俺がさすっても」ってめんどくさそうに首を押す。

「あのさー。とりあえず、携帯代、立て替えてください。すみませんでした」と頭を下げて、「あっ必ず返すから、鍼灸接骨院に行く回数は減らすなよ。おやすみ」と痛む首を置いて逃げた。

あれから、一年か……。

「寒くなりましたねぇ。今年は沖縄に行かないんですか?」右手を押しながらあなたは聞く。「うん、去年は咲かなかったベランダのハイビスカスが、今年は咲きはじめたから」って私は答える。

「えっ、今頃?」

「うん、遅咲きのハイビスカス」

## ハネムーン・ベイビー

治療室、ベッドにうつ伏せの私に、あなたは突然の質問を浴びせる。

「出産は、計画的だった?」

「いや、無計画出産。っていうか、まさか私、自分が母になるとは」

「えっ結婚して、そういうことがあったら当然」「いや、結婚前からそういうことは」

「あっはは、あったんだ。結婚後は避妊しなかっただけなんだ」

なんだか、うちは夫が父になる覚悟をした時に、子供が授かった感じなのよねー。夫は、私の妊娠後、毎年、花粉症で、「父になったら体質が変わるのかな」と笑っていた。

「だけど、なんで唐突にそんなこと聞くの。まっまさか、あなた、父に?」「そんな報告はまだありません」「そう。ちなみにあなたは計画的に?」「母は計画的犯行といってますが、どうだか」「あのさー。私はなんとなくわかったのよ」「入ったーという感覚ですか」「そんな感覚ではない。うわっ、恥ずい。が、雰囲気というか……」


夫と産婦人科に行った時、家族計画を考えてますかって言われた。夫は、結婚している大の大人に大きなお世話ですって怒った。先生、とりあげる自信がないんですねって私も言って、大喧嘩して帰ってきた。私たちは障害者の出産を身近に見てきた。障害者だから出産、分娩のリスクが高いなんてことはない。産む、産まないは、女が社会から、決定権を押し付けられているだけだ。どんな体でもどんな状況でも産む権利はあるべきだ。そして、社会は、どんな命でもしあわせに生きる権利を保障すべきだ。

「産科で三ヶ月半って告げられた時、あーやっぱりあの時のって思った」

「えっ、普通わかるでしょ。もっとはやくに。男ならこの時点でのその報告は」

「あっはは。痛い? だってすでに結婚していて。それに軽い出血があったから、生理かなって」「うわっ。それってやばかったんじゃ」

この時の出血は、妊娠を知らせるためのもので、やばくはなかったのって男の子に言ってもね。

「私、あの頃元気で、気づかずにちゃりんこの後に乗って、山道をがたんごとんって」「はあ？　ほんとに」「知らないものの強さね」「強かったのは息子です」「そうね。きっと必死でへばりついていたんだ」「あっはは。で、どうして気づいたの？　はい仰向け」「この平坦な胸が少し出てきて、あっハネムーン・ベイビーだって」と両手で胸を押さえる。

「もーう。手どけて」と首に手を掛ける。

次に受診した病院では、「おめでとうございます」と言われた。障害者の出産に幾度か立ち会い、自身も二度出産経験があるドクターだった。経験豊富な優しい助産婦と看護婦のもとで予定日を迎えた。が、いっこうに生まれてくる気配はなく、一時退院。結局、数日後の明け方、初対面の若い男の当直ドクターがとりあげた。

「やっぱり、あなたは妊娠に充分に耐えられる。二人目は私が必ず。だから、若くて元気なうちにぽんぽんと」と女ドクターは言った。

「先生、私しばらく二人目なんて考えられない」

「また気が変わったら、というか痛みを忘れたら」と笑った。

治療後、あなたは起き上がりづらい私の背を押す。

「どっどうした。不気味だ」

「今日はいいこと聞いちゃったから。ハネムーン・ベイビーだったんですね。息子」と優しい顔をする。だから？

## アーユーハッピー？

夕方近いというのに、息子は起きてこない。ここ二日ほど昼夜逆転している。この状態を見るのが、私は一番つらい。去年の今頃、息子の部屋は、外側から開けられず、心がよじれた。三日後、彼は何事もなかった顔で、鍵穴に詰めたボンドをはさみで取ったのだが。物音がしない明かりがついた部屋は、胸が締めつけられ、目には涙が溜まってくる。部屋の戸を叩き、「龍！　開けるよ」って叫ぶ。五円玉を鍵穴に入れ、左に回し、戸を開ける。息子の寝顔に「龍、また寝病？」と言葉を詰まらせる。が、暗闇の中、目を凝らしていると、息子の目尻にうっすら水滴が湧いてくる。

## 君のなみだ

あれは君が中学生になる数日前の春休みだった。
いつも遊ぶ公園から、君が震えながら帰ってきた。家には私と、我が家に長く関わってくれているヘルパーのSさんがいた。私たちは君の異変を瞬時に感じた。「あわてずに、敏速にきちんと話を聞いてから動くこと。うちも男の子二人、いろいろあった」とSさんは、私の背中を叩いた。いつもの顔で、ゆっくり公園でなにが起きたかを聞く。

「お前の父ちゃん変態やって、新六年生に、何回も何回も言われた」と青ざめている。生まれて初めてみせる顔だった。

「龍、怖かった？　正直に言いなよ。恥ずかしいことじゃない。恥ずかしいのは、あんたを大勢でからかった奴ら」

「怖かった。けど、もう僕が、あの公園に行かなかったらいいだけ。もうすぐ中学なんだし」「なんであんたが公園に行けなくなるの。公園に行けなくなるのは……」

「学校に言ったほうがいい。このまま中学にあげたら危ない。その子たちの兄弟がいる」とSさんが言う。確かにこの時期に、からかい方も巧妙だ。私を変な体、変体と言わずに……。思春期の入り口、男と女のことをなにも知らないわけじゃなし。

公園の私を見つけて、新六年生のさとちゃんが駆け寄ってくる。「龍君が、からかわれたのよ。私、見てた。軍団に……あいつら」

「さとちゃん、その軍団の名前って？」「大西君、橋田君、江坂君、今井君、浪川君」「教えてくれてありがとう」

「うん」おばちゃん大丈夫？　って言いたげなさとちゃんに見送られる。

家に帰り、「龍、学校行くよ」って私。「えー。今から行っても誰もいないよ」と気乗りしない顔。「じゃー母さんとりあえず一人で行くよ。いい？　託してくれる？　母さん、あんたを怖い目に遭わせて、父さんをバカにされて引き下がれない。あんたも必要となれば学校にくる？」「うん、行く」


職員室にはまだ何人か教師がいる。息子が五年生の時に担任だった、新六年生の彼らの担任があわてて飛んでくる。公園での出来事を話す。「でも、同じ学年には祐君がいるのにどうして？」と最後に私は尋ねる。祐君は重度の脳性まひ児だ。

「それでも、こういうことが起きます。彼らは学んでくれないんです。僕も彼らには手を焼いていて……。お母さん、いい機会だから、一度彼らに会いませんか。親御さんも全員呼びましょう。龍君もこのままじゃ不安だろうし。お父さんにも連絡しましょう」「そんな大げさな……」「いや、これは、ほっとけない大きな出来事です」とその日の夜、みんな、夜の静まり返った教室に集められた。

顔見知りの伸ちゃんこと今井伸君のお母さんが「ごめんね」と耳元でささやく。

「わかってる。伸ちゃんがどんな子か。私はただ彼らと話したいだけ」と小声に決意をこめる。

「こんばんは、龍の母です。みんな、おばちゃんのことは知っていますよね」って人権学習かよ?

「みんなとは、初めて話すので、聞きとりにくいと思います。わからなかったらわからないって言ってください。何度でも言います。何度でも聞いてください」

しかもギャラなし。息子のためだ。担任も今到着した夫も教師。なのに大の男が雁首揃えて二人、事の次第を見守るだけだ。

「なんで、龍の父さんは変態って何回も言ったか教えてほしい。おばちゃんはそれを聞きたいだけです」って声を絞り出す。沈黙に耐えかねて一人二人すすり泣く。

「泣いてもだめ」って私の声が教室に響く。大人も教室いっぱいの張り詰めた空気に、耐え切れない。

「もーう。かんちゃん。あんたも妹がみつくちで、人の痛みがわかるやろ」と声が上がる。けど、あなたの隣のその子は、親がきていない他人の子。叱り飛ばすなら、まずはわが子だろ。その子に責任をすべてかぶせる気か? こんな親に語る気はしない。

「君ら、言葉の暴力ってわかるかな? 五人に囲まれて、からかわれたら、どんな感じがする? 自分ではどうすることもできない、親の悪口を何回も言われたら……」とゆっくり夫が話す。

「龍君、ごめんな」かんちゃんこと大西寛一君が一番先に言う。

私は、彼になにかが伝わったって信じられた。みんなが順番に、「龍君、ごめんなさい」と言う。息子が最後に「許す！」ってみんなに向かって言い放つ。

こういう時、大人だけだと加害者側と被害者側の形だけの謝罪会になる。子供の心は、スポンジのように人の悲しみや苦しみを吸い取る。温かいものが私の目を潤した。

「今日はいい時間が持てました。担任の力不足でこんなことが起きてしまい、申し訳ありません。けど、彼らのあんな顔は、初めて見ました。本当にありがとうございました」と担任は、最後に教室を出る私たちに深々と頭を下げた。

「龍……」なにかを伝えたいと言葉を探す教師。息子は涙ぐんでいる。緊張がほぐれたからだろう。「お前が泣いてどうするんや」と夫が微笑む。「けど、母ちゃん見てたら、泣けてきたんやもん」

「がんばってたもんな。お前の母ちゃんは、弱いけど強い。だから、大丈夫。龍も、母ちゃんも、父ちゃんも」と夫は息子の背中を叩いた。


あれから、学校で大きなトラブルもなく、卓球少年は激しい反抗期もなく、素直ないい若者に成人したはずだった。が、目の前には寝ぼけた顔の息子。「なに、その顔」と、むくっと起き上がる。「なんだか、情けなくて。昨日から予備校にも行かないし」と曇る顔。。

「昨日から冬期講習。俺、取ってないから」とリビングの窓の光をまぶしそうに浴びる。

「なんで取らない？」と私。「だって、別料金」「ここでケチってあと一年なんて言いなさんな。必要なら受けなさい。今からでも、申し込めるんでしょ」

「うん。ほんとにいいの。母ちゃんありがとう」って弾む声になる。

「お金出す時だけ、母ちゃんなんや。ついでに言うけど、龍、行ける大学でいいんよ。入れたらそこに縁があるってこと」

「母ちゃん。俺、一回大学やめたこと忘れたか。今日び、入れる大学はみんなあるって。ただ、やりたい勉強ができなかったら意味はない。続かない。俺、べつに学生になりたいわけじゃない。おかんが出た文系の大学とかには……でも、母ちゃんはハッピーやった？」

「うん。志望学科やったし。ただ、福祉学科って浅く広くの雑学で、一つの結論に基づいた知識は得にくい。でも、そもそも、福祉制度も人間に関する定説も変わるわけで。だから、まあ友だちもできたし、バンドもしたし、あの大学でよかったよ」

「お前の口から出たお前だけの子供やったら、俺もハッピーやった。あーあ。父ちゃんが変態やったばっかりに」ってあくび混じりに言う。

「へっ変態って！」お前が言うかあ。

「よくも、まあ、こんな」って私の頭から足元に向けてゆっくり視線を降ろす。

「なに、こんな女とってか。あんたは息子だからそう思うのよ。私も若い時はもうちっと。それに、人が惹かれあうっていうのは、もっと奥深いものなの。父さんが変態やったから、あんたが生まれてこれたんやん」

「なんとか食う虫もなんとか」

「それを言うなら、たで食う虫も好き好き。もーう、言わせるか」

「おとうのプライドが混ざった」と小声になる。

「はあ？　ないない。そんなん。なに、そのカタカナ四文字。ブラッドなんてもっと言うなよ。おとうが京大だったのは勉強したから、ただそれだけ。あんたとは関係ないっしょ。アホか！　龍、私はあんたがハッピーならそれでいい。あんたの母はめでたい」

「めでたすぎるやろ」

「でも、援助は来年の三月まで」

「捨てられるんや。犬みたいにポイって」

「そう。いらないって。とにかくやるだけやりなさい。もし、だめなら……またその先はいっしょに考えよ」

私の膝めがけてダイブしてくる息子。

「これー。ふざけなさんな。転ぶ」

私は二〇歳の息子を抱きしめる。忘れていたなにかが戻ってきた気がした。喜んでいいのか、悲しんでいいのかは別物だが。

「行くわー」

夫に似た背中が目の前に立つ。

「にいちゃん、おうてくれるか？　いつか」

「えっ誰に？　新しいお父さんでもできた？」

「ぶっははははは。会ってほしいと違うやん。私は、あんたに、お　う　て　ほしいんやんか」と、靴にかかとを入れる息子の背中を両手で叩く。

「なんや、俺に背負ってほしいんかー。まあ、いつかな」

「行ってらっしゃい」

「行ってきます」と玄関を出て、エレベーター前でくるっと振り返り、

「アーユーハッピー？」って人差し指を向ける息子に、
私は「イエス」って大きく頷く。

# 冬　私になる覚悟

## 気胸事件

隣のX市の接骨院で、患者が死亡するというショッキングな事故が起きた。鍼灸師の資格を持たない手技者が、背中に針を刺したのが原因だ。当初、院長は事実を否認していたが、死体の画像には、背中から肺に至った針穴がいくつも映っていた。

背中の裏は肺だから、胸に穴が開く気胸という医療過誤がごくまれに起きる。たいていの場合、胸の穴は自然にふさがるらしいが。

背中に針を入れる時は、特に深さや角度や抜き取り方や状況に注意を払わなくてはいけない。鍼灸師はこのことも含めて、学校で繰り返し学び、日々努力し技術を習得する。

彼も、やはり事件のことを知っていた。「ひどいよ。人一人死んだんだからねえ」と私。

が、「資格もない奴が針したからです。それに、人は何をしていても死ぬ時は死ぬ」ときっぱり言う。「その言い方なに！　医療過誤で死んだのよ。それに、そんなにすごいんだ。鍼灸師の国家資格って」って言い返した途端、空気が張り詰めた。

さらに、「あなたも学生に毛がはえたようなもんでしょ」って急速冷凍。

「違う！　僕は学生じゃない。国家試験を通った鍼灸師です」って声を荒げる。

「今のは……失言でした。撤回、できないよね。言っちゃったもの。ごめん」と私は謝る。

でも、あなたにはわかっていてほしい。

人一人の命が途絶えると、周りの人生も変わることを。

肩甲骨を押す心地よい手に、いつもの患者になる。

「今日は背中が特に痛くて」と言う私に、「針してもいいですか」と答えない背中に消毒液を塗る。「背中は、お灸でお願い」

「えっいいけど」ってやっぱり僕をまだ信じてないんだっていう声。

治療室の空気も暖まり、お灸で背中の痛みはましになる。

翌日、「胸の穴はふさがった?」と治療室で私は横目で見る。

「えっ何のこと」といつもの顔。

「さすが、若者は自己回復力が違う」「僕は大丈夫です。福本さんは異変なかったですか。

昨日、僕、胸に穴を開けておいたんだけど」

うわーやられたとも言えず苦笑い。

「今日空いてるね」事件の影響なんだろうか。「医療過誤は……」

「えっまだ気胸事件のことを言ってる？　僕は大丈夫だって。殺しやしません。二〜三人やっちゃった後だから」と笑う。

「私は患者だから、あなたを信じるほかない。でも、それとは別に、医療過誤は医療制度の原因だと思わない？」「鍼灸師は……軽く扱われすぎなんだ」「そうね」

鍼灸師は中国ではドクターと同じほど権限がある。民間保険医療のアメリカでは、鍼灸師は今後注目される職業になると言われている。ところ変わればなんとやらだ。

それに、日本の医療系の学校は、併設病院をほとんど持たない。机上だけで、鍼灸師の国家資格に通っても、患者の体には数えるほどしか触れていない。志ある鍼灸師は、有名な治療家の門下生になり、数年を過ごすという話も聞く。

だが、今日び、無給に近い徒弟制のような世界では食べてはいけない。志半ばで断念するか、接骨院やクイックマッサージで働くかのいずれかだ。本当に鍼灸師として食べていけるのは、資格者の一割にも満たないのが現状だ。職場としての受け皿がないのに、専門学校ばかり増やして鍼灸師を大量生産する。若い医療従事者が、生きがいを持って安定雇用されるために、この国はなにも考えていない。

そんなことは百も知りながら、あなたは、来春から教壇に立つのだろう。

医療も、利益を優先に考える時代。ベッドも手技者もゆとりを持っての経営は困難で、どこも予約制。だから、急患は断られる。元気な患者のために、慢性的な激しい痛みを持つ者や、急なアクシデントで訪れる者を軽くあしらうのはおかしい。患者は品位を問われる。医療従事者は人を治すという信念が問われる。

「福本さん、今日はずいぶんお待たせしてすみませんでした。急患が……僕」ってカーテン越しの院長に一瞬目をやる。

「いいえ……私も急な時はお願いします」「ふくもとは急患じゃないし」「そうね。私はリアル患者」「だから、僕も精一杯」ってカルテを書き終え、疲れた顔を上げる。

今日も一日がんばりました。

## 詐欺師

「ここ数日、背中が強烈に寒い」って告げる。

「えっ風邪の悪寒じゃ」「それとも違う。ただ背中だけが寒い」

背中にすえたお灸を包み込むみたいに手を置く。

「確かに冷えてましたね」

「あっ今日、友だちから電話があって……彼女、今は元気なんだけど、末期癌で治療法もなくて、もうだめかもしれないという時期があった」

「どうやって生還したんですか？」

「こ　と　ば。ドクターの言葉に騙されたんだって」


末期癌の経験を持つ彼女は、夫の癌再発後、私の心が折れそうな時に、時折メールや電話をくれた。

「私が生き延びられたのは、産みたての息子がいたのと、バカだったから。いいドクターに、うまく騙されたの。集中治療室に数ヶ月いたら、さすがに周りの顔も少しずつ変わってくる。でも、ドクターは平気な顔で言い続ける。大丈夫です。生きられますって。私も自分が死ぬイメージなんてなくって、のんきだった。で、ドクターは、毎日検査する。今考えると、おかしいんだけとね。生死さまよっている癌患者に毎日採血するって。

でも、その数字を見ながら、癌マーカーはどんどん下がっています。順調です。すごい回復ぶりですってニコニコしている。で、私の心と体がそれを信じた。退院の時、ドクターはばらした。実はあの時、癌マーカーの値は通常の人と二桁違っていた。いつ逝ってもおかしくない最悪な状態だった。でも、それを伝えることは治療じゃないと思ったって」

夫の発病後、この手のハッピーな話を二人で聞きによく出かけた。沖縄で彼女に会った時には、私たちにもまだまだ生きる希望が残されていると思えた。誰も夫を騙してはくれなかった。なぜ夫が逝かなければいけなかったのだろうか。全世界の人の命と引き換えても……というエゴな自分を引きずって生きるほかない。

「あなたもうまく騙してくださいな」明るめの声で言ってみる。

「うまく騙されてください、僕の針に。はい」と治療台の枕の上を、手の平で二つ叩く。

「うわー。今日はいい感じでスーって頭の付け根に針が入ってく」なんて言われて。でも、二本目で、「イタッ！ 毛穴に入れるな」って顔を上げる。

「そこは福本さんの実力でカバーしないと」「もおおう」

治療が済み、「針もお灸もよく効きますよ。今夜から背中も寒くない。暖かくして、でも、乾燥しすぎないよう」

なにをベタなことをと思いながら、私は着替える手を止める。

「ねえ，聞いてますか」と私の足に軽く足を掛ける。聞いてるよ。それより、

「おしっこ！」「へっ？ そのままで行ってください。シルエットが特徴的だけど」

だぼついたセーターにスパッツ姿で、駆け込んだトイレの電気が一瞬消える。

「あっ停電だ」「もう、いいから」大量の尿を出しながら、今朝からの足のむくみを思い

出す。あれっ。

会計を終え、靴を履く私の前を通り、扉を開ける。

「大雨だ〜」「うそ！　大変！」と、受付の女の子の慌てる声がする。

ふふ。雨がやんだなー。と、私はゆっくり立つ。あなたは傘立てから一本残った広がる傘をくるくると閉じ渡す。「足元に気をつけてお大事に、また明日」と扉の外で肩を並べる。

「おっお大事になんて初めて言われた。今夜は患者扱い？」

「僕、針師ですから」

「うっそだー。詐欺師だろう。騙すのが下手な」

## Ｔｈａｎｋ ｙｏｕとありがとう

両手をこすりながら、治療室に入っていく。「手足が冷える」

「中高年に多い自律神経失調症ですね」「病名増やしてどうするよ。ベタな病名つけられても、私、納得しないよ」「ついでだから、増やしてみました。鼻息荒いですね。なにか僕以外にむかつくことあった？」「よくわかるね」

手をとり「脈も」って神妙な顔つきをする。

「まったー脈診なんて鍼灸師らしいことを。ポーズだけでしょ」「うそはったり、わかります？　うつ伏せになりましょうか」って手を離す。

「で、なににお怒りですか？」

「知り合いが女性障害者の映像を撮っていて。私は企画で少し関わっていた。でも、今日見たら、障害者が健常者にありがとうって言うベタな終わり方で……。障害者がいて健常者でいられるわけやん。せめて、互いがありがとうやろ？」

「うわっ。それを伝えられるのは、ふくもとだけだわー。ふくもとが企画、演出、編集しなきゃー。所詮、健常者です。その映画監督も、僕も」って笑う。

「彼女はいい友だちなんだけどね」痛くて、押されて快い場所に、あなたの手は動く。

「ねえ、あなたは私の痛いところがなんでわかる？」

「それは聞いたらびっくりしますよ。あー聞かないほうが」

「じらさないで、はやく教えなさい」

「痛いように押すからです」

「へっ！　じゃー接骨院の治療なんて意味ないじゃん」

「そう言うと思ってました。でも、健康な筋肉はどう押しても痛くないんです。子供は抱きしめるとくすぐったがるでしょ。福本さんここ痛い？」って手足を押す。

「私、どこをどう押されても痛いよー」

「全身の筋組織が病んでます。あーあ」

「あーあー」ってあなたを真似る。

「まっしゃーない。　お灸しましょっか」

うつ伏せの私は一度ベッドから降り、足を投げ出し座り直す。

「こんなに痛いのに、よく生きてるよ」足元のお灸を見て、ため息をつく。

「ですよー。いっそ全部燃やしちゃおうか」あなたは私の顔を見る。

「言葉は……」「大切に使ってます」

「だけど、あなた私の言葉もよくわかるね」「勘で聞いてます」

「うちの子もそうなのかなー。時々とんでもないふうに聞くけどね。夫は……聞いてたような聞いていなかったような。夫婦ってそんなものかもしれない」

「ですねー。ただ息子と違うのは、僕は二回聞き直す。で、たいがいわかる。それでもわからない時は……」「ふん？」

「流してます」「えっ」

「どうせ大したこと、言ってないしって」

「こっこれっ！　なんちゅうことを。でも」


大学の時、友人、のんちゃんは「ちなっちゃんは言語障害でいいよ」と羨ましそうに言った。「へっ、のんちゃん何で」「だってゼミでちなっちゃんが言うと、なんでもすごいこと言ってるように聞こえるもん」こっこいつには、あまり勉強せずに、論点も定めず、発言してたことがばれていたのか？

「そっそう。ジョジョークまで真剣に聞いてくれて」

「言語障害者もジョークを言うんですかって教授、目をむいてたよね。私だけが受けちゃって、ジョークの通訳したのは初めて」

「毎度、お世話様」「だよー」って二人教室で笑った。


「むははは」って治療台で思い出し笑い。のんちゃん、元気かな。

「まったー、なに笑ってるんですか。はい、もう一度うつ伏せ」って、肩と首を消毒するあなたになすがまま。はっと我に返り「うわっ、針するの？　今日動くよ」

「いいっすよ、がしっ。僕が全力で」と膝を折り、頭を押さえる。

「あっはは」「始めますねー」って数本目の針を入れた時、私の首が大きく揺れた。瞬時に首から針を抜く。「動くのもよくわかるね」

「勘です。でも、あんまり動くと針、折れちゃいますよ」「こ、これっ脅すな」「針、折れたのは見たことがないけど、曲がったのは見ました。今」「へっ」「ほれっ」「強いじゃん、私の首」「ある意味ね」

治療が終わる。今日は服を着る手ももたつく。あなたは「もーう」って言いながら、ジャンバーのファスナーを上げる。

「サンキュー」「ありがとうでしょ」「違うっ　Thank youだ」

私は舌を上顎につけて言う。

「舌、噛んじゃいますよ」

## 掛け違え

治療室、あなたは私の背中に手をかける前に、

「よく接骨院で今日は凝ってますねー、って言うじゃないですか」って思い出したように言う。少し考えて私は、「あれって患者も言ってほしい気がする」と応える。

「でも、凝りは痛みと関係ないの知ってました？」

「私の体が知ってます。だって、筋肉が硬い時に痛いとは限らない。逆の日もあるし」

「そうです。それを立証する論文も、いくつか出ています」

「が、まるく収めたいのよ。患者も手技者もコリを共通の敵にして」

「凝ってますねー」って言いながらマッサージする両側のベッドが、今日はめずらしく空いている。ここの手技者チームも、時には患者には計り知れない言葉のやり取りがあるのかもしれない。

「疲れてる？」仰向けになりながら聞く。

「いや、この有り様だし」あなたは隣のカーテンを開ける。

「はい、座りましょうか」と肩に針を打つ。いつも見えない大きな空が目の前にくる。

「そうだ、聞いて、僕は肩が凝っているとも、張っているとも言わないでしょ」

「そうねえ」「筋肉が緊張してるっていうのが正しいんだ」

「私は脳が緊張して、筋肉が緊張して痛くなるから、納得できる。が、一般受けしない言い方ね。で、私は、脳の緊張を取る方法を、解明してほしいんだけど」

「それができれば、脳性まひ患者すべてが救われる」

「いや、筋肉が緊張するすべての人がでしょ。そしたら、鍼灸師は要らなくなるね」

「いいことだあ」丁寧に針を抜き、上に一息吐くあなたが少し悲しそうに見えた。

「やっぱ、筋トレって大事？」と胸を張り腕を真横に広げる。

「本気で筋トレする気ある？」

「あなたの指示通りしてるよ」って何食わぬ顔で答える。

「でも、筋肉痛にもならないし、おかしいなって。筋トレしていて苦しくない？」

「余裕。楽よ」「えっ、それって意味ない。筋トレはハアハアいいながらやらなきゃ。大体ダンベルが軽すぎです」

「私も軽いかなって」「もーう、こないだから重くしてってって言っているのに。きちんとやってください」とめずらしく大声で言う。

「うわー切れてる。なんだか今日は機嫌がよくないね」

「切れてないし。でも、せっかく気づいたんでしょ。なら、がんばってください」

「うわっ。やだ。私、最近まで箸より重たいものは、持たなかったの。それに、がんばる生き方なんてしてこなかったし」だから、これからは違う人生を生きなきゃいけないんでしょって言いたげな顔。時計を気にする顔が、空々しく感じる。

「なんだか、最近、筋力が落ちて、体が弱っていくスピードが、速くなっていく気がする。いっそ、首をなにかで固めたほうがいいんじゃないの」と提案する。

「それはだめです」「どうしてよ」

「だって。そんな生き方してこなかったでしょ」

「うん」確かに、私は無意識に首を振り続けて、今まで生きてきた。これからも……だから痛い。あなたは「また明日」って肩をポンと叩く。

「ねえ、首に針を入れる場所って、根拠あるの」着替え終え聞く。

「九割適当です」「それじゃー困る。謙遜？」って笑ってあげる。

「針を入れるポイントは何って聞かれても、ねえ？」ってビヨンセ似の受付の子の顔を見る。「自分の治療理念、人に聞くか。逃げ？」

「賛同を得ただけです。ねっ」ってもう一度彼女の顔を見る。

「彼女はあなたではない。わかるわけないでしょ」ってお金を出しながら言う。

「これっ、女の子の後ろに隠れずに出てきなさい」あなたは顔だけひょこっと出す。

「ごちゃごちゃ言って……でも納得できない治療は効果がない」と言う私の袖を捲る。

「だから、前から言っているように、硬くなった筋肉に触れるとこりってしてる。ほら、ここ。いつも針してるところ。これを硬結っていう。手で触れて目で見てここはって思うところに打っていく」

「はじめからそう言ってくれれば……」「っていうことにしておこう」

私は無言で、受付のカウンターの上で両肘をつき、下を向く。

「泣いてください」

「悔し泣きはしない」

「僕も悔しいです。うまく伝えられなくて」

「泣け！　まあ末永くたのむ」

「それはわかりません」

「そうね。あなたは若いもの。先のことなんてわからないよね」と、コートをはおり言ってのける。

「ボタン、掛け違えてますよ」

「いいの。これで」

「えっでも、直しましょう」と白いコートに触れようとする。「いいよ。こんな日もある」と私は後ずさりする。「えっ?」あなたの手が離れる。「……また明日」「それは、わかりません」と私は扉を押す。私だけの靴音が聞こえる。

## ピンチ

ここ一〇日ほど、痛い首がさらに痛んでいた。痛いから不安になる。不安だから泣く。泣くから痛いという悪循環。寒さが最も厳しいこの時期。あなたの懸命な治療も……。でも、まさか、二〇歳過ぎた息子の受験に、心と頭を痛めて、首が痛いとは言えない。

昨日、息子の試験が終わった。青ざめた顔で帰ってきて、なにも言わず部屋にこもったきりだった。私は過度な精神的緊張が、無意識のうちにずっと続いていたのだろう。気を抜くという副交感神経を、働かすことがまったくできない。金縛り状態の体を、ベッドに横たえていた。

どのくらい経っただろうか。「今、昼? 夜? どっちなん」と息子が寝ぼけながら、私の部屋の入り口に立つ。「外が変やから、ちょっときて」と、私を車椅子に乗せ、廊下に出す。真っ白な霧がマンションを包んでいる。雲の下のような街を二人で眺める。

「おかん、地球は滅亡するわ。最後の願いは?」と聞かれ、(お前の父さんに会いたい)って浮かんだ言葉をのむ。

「龍、さぶい。部屋に入ろう。試験の結果は、だいたい見当がつく。でも、ここからは落ちるなよ」って一〇階から霧を眺める息子に言う。

「もーう。おかんはストレートすぎ」と車椅子の方向を変える。家に入り、冷えた体を湯船につける。かちんこちんの脳が、入浴で少し緩んだのだろうか。風呂から出た途端、思う存分痛みを感じてくださいと、指令が下った。首が痛くて立ち上がれない、全裸でリビングにうずくまった。体を少し動かすだけでも首に激痛が走る。息子は大きなバスタオルをかける「ばあちゃん、呼んでもらおうかな」と私はふと漏らした。

「なに、それってかなりやばいんじゃ」彼は、近くにいても心が遠い距離の母と祖母の関係を知る。体にどんな激痛が走ろうとも、生活が止まろうとも、私は母の名を口にしたことはない。「けど、嫌でしょ」って私。

「なにが? 全裸はしょっちゅうやん。こんな時だけなに言うとん? パンツは、なんとかはけるやろ? シャツは……これ首のところ広いで」とタンスの中をかき回す。

「あの、これは父ちゃんのじじシャツ」

「いいやん。じじでもばばでも。けどほんまにギブなんや。ばあちゃん……」呼ぶんか? 呼んだところでどうよって言いたげだ。パジャマに首をうまく通してくれる。後は体を薬に漬けるだけ。「そやなー、こんな時間に呼んだら、ばあちゃん、心配でずっと居ついて同居って言いかねないね、龍、良くなるまでお世話焼いてくれる？」

「うん、ええよ。なんでも言って」

「まずは戸締まり。で、歯ブラシと薬」

言わなくても口をゆすぐ水と空のコップと飲み水がついてくる。

「和室の電気ストーブのコード入れて。寝る直前、もう一度呼ぶから、布団着せて」

「うん」って何気にリビングにいる。でも、「大丈夫？」とは言わない。小さい頃から、大丈夫じゃない時は、彼が一番よくわかっている。

大丈夫ですかって聞くのは、大丈夫って答えてほしいから。他人のためじゃなくて、自分が安心したいから聞く。入浴介護も食事介護も大丈夫ですかって聞く回数が多い人ほど私に慣れていない。

「明日、針してもらったら、少しはましになるで」

「さあ。どうだかね」「あかん、重症や」

「男の子って……ふりまわすから」自分にお鉢が回ってくるのを感じたか、「とりあえず、何も考えずに寝ろ」って布団をかける。

私の状態を気にかける息子。ストレスと同じ分だけ、生きる支えになっている。

あくる日の治療室。肩甲骨を押しながら、あなたは「ストレスですよ。大きなペットのお世話焼いて。あっむかつく針師がストレス?」と手を止めずに言う。

「あなたなんてまだ序の口。世の中信じられないって思う奴いっぱいいるよ。結局、みんな自分の都合で生きているのよ」「うわっ、相当たまってる」

「ボクシングジムにでも通おうかな」「それいい。こんなところに通うより。あっオリンピックに行くんじゃや。もう暖かいバンクーバーに旅立ったのかと」と笑う。

「福本さん? 今、治療中なので、もう少しかかるかな」という院長の声が聞こえる。あなたはカーテンを少し開け、「あれっ今日、お迎えの人、若いじゃないっすか」と驚く。

「かっこいいっしょ。息子よ。昨日から、母が激痛でピンチなんで」

「もーう。そういうことは早く言ってくれないと。なんか、今日は変だなって。首が痛そうなのに痛いって言わないし。ひょっとして薬漬け?」「うっうん」

「ちょっと、待っててもらっていいですか?」って、息子の顔を見る。

「はい」って息子は軽く会釈する(えっ、もう時間だよ。それに診察室には私だけ)。

「福本さん、少しだけ針しよ。今日は、息子さんがピンチから救い出してくれたけど。今夜痛くなったら、薬なんて効かなくて救急車ですよ」とあわてて針道具を用意している。

こいつ脅しか? 私には、その手は通じないっつうの。

「明日から、お互い顔見なくていいじゃん」って私。が、ベッドにお尻をぺちゃんとつけて座っている。

「つべこべ言わずに、はやく脱げ！」トレーナーを顎に引っ掛けて抜き取り、頭を押さえ込む。私の首に、光るとがりものが入る。

## かえでちゃん

東北からかえでちゃんがきた。一〇年来の付き合いの彼女は、今年三〇歳になる。明日からの彼女との大阪―神戸観光に備えて、私は治療から帰ってきたばかりだ。

「ただいま、留守番ありがとね」

「お帰り、お茶入れようね」とかえでちゃんは急須を持つ。ずっと前からの同居人のように感じてしまう彼女。いつも、かえでちゃんが帰ったら淋しくなるなーときた早々に思ってしまう。

「接骨院って、やっぱりあちこち痛むんだ。不精なちなっちゃんが行くぐらいだから、きっと腕はいいよね」ってテーブルに二人、だらんと首を乗せる。

「腕はねー。でも若いから気は強い、利口だからやりたい放題。時々真剣にむかつく」

「じゃー何でその子なの」と首をかしげる。

「背中を押されると、心地よいのよ。それに私……夫がいなくなった後、藁にもすがるように生きてきた。藁を毎日つかんでたら、いつの間にか命綱になってた感じ」

「あっ背中って唯一、自分でさわることのできない部分だよね。つまり背中をさわってもらうということは、自分以外の他者の存在をもろに確認できる。赤ちゃんが泣くとお母さんは抱っこして背中をとんとんする。あれって前にも後ろにも誰かがいるんだと赤ちゃんはものすごく安心するらしい」

「さすが心理学者だ。あっすごく背中が寒い時、その子、お灸をしながら、背中を一〇分ぐらい手の平でじっと抱え込むみたいにした」

「で、うそみたいに治ったんでしょ。きゃはは。ったくちなっちゃんの脳って……」

「えっ発達していないってか」

「悪いけどある部分ね。だから、ある意味わかりやすいのかも」

「あっ、最近針もしてもらっていて。足投げ出して、背中を預けて座って治療する。始終どこかしら動いてしまう私も、少しは落ち着く」

「やるねー。その子」

「今日は、あくびばっかしてたけど」「リラックスさせようと思ったんじゃ」

「あっそれはない！　かえでちゃん、かいかぶりすぎだわー、クソガキみたいな鍼灸師に会ってないから」「他には？」

「うーん。私の言うことには、ゆっくり耳を傾けるかな。私、考えてみると、親にも夫にも、こんなふうにしてもらったことがない。龍だけは私がイラついたり、へこんだりしてると、昔から話をゆっくり聞いてくれたけど」

「うちのだんなも私が一言いうと、それ以上の言葉が返ってくる。こっちはただ聞いてほしいだけなのに」

「男ってみんな子供なのよ。妻には母を求める」っていい女ぶる。

「なのよねー。でさー、メールに悲しみは時間とともに形を変えてなくならないって書いてあったけど。私には一年半経っても、泣き続けることが、まず理解できない」

「うっそーだあ。みんな悲しいよー」

「ちなっちゃん。世の中、夫が死んで悲しいって泣く人が半分いたら、解放されたって喜ぶ人も半分いるはずって私は思ってるよ」二杯目のお茶を入れてくれる。

「そんな悲しい不幸な結婚ならしなきゃいいのに」

「あっはは。世の中、正論だけでは通らない。ちなっちゃんは、ほんとに幸せだったんだ。だから泣き続けてられる」「かな」

「泣いてる今も、私から言わせてもらえば、しあわせだよ。それに龍ちゃんもいる」

「もーう。勝手に言いなさい。それに龍は……」

「気づかないか？　あの子は一番あなたを愛してるよ。見ていて痛々しいぐらい」

この時、噂を聞きつけたとばかりに、息子が玄関から姿を現す。

「お帰り、龍ちゃん」ってかえでちゃんが出迎える。

「こんにちは。あいたたたー、腹が」ってお腹を押さえ、トイレに駆け込む。

「おかん、あのハヤシライスやばかったんじゃー」リビングにきて訴える。

「大丈夫だと。朝晩、火は入れてあった。それに食べてほしい時に食べないし。食べた者の責任よ」って私は言ってのける。

「うわっ、かわいそう。この家では、作った者ではなくて、食べた者の責任なんだ。龍ちゃん。大変だ」ってかえでちゃん。「でしょ」って息子。

「いつまでも、おかんの飯を食べてるから……子供は親を捨ててもいいって、かえでちゃん言ってやって」と偉そうな私。

「捨てられるような親じゃないから、龍ちゃん大変なのよね」

「わかってもらえます」

「よーくわかる。でも、抱え込むな。だいたい抱え込めないよ。こんな人」

「そうっすね」

「それでいいんだよ。あっ私、三日間龍ちゃんの隣の部屋、使わせてもらうね」息子は何も言わず、頷く。「それから龍ちゃん、日記書きなさい。一日一言でもいい。今日はなにをした。むかついたでも」

「俺、過去には縛られたくないんで」

「おいおい。それは違う。日記って現在の自分に向き合うことなんだよ。一つぐらい言うこと聞いてくれい。あっ、好きなゼリーが冷蔵庫に入ってるよ」

「ありがとうっざいます」

「龍ちゃん、何かなりたいものある？」

「教師です。あっ僕も聞いていいですか。大学院に今年から行くんですよね」

「この年で何を学びにって。犯罪心理学」「かえでちゃんらしいわー」って笑う。

「母さん、ゼリー食べていい？」冷蔵庫のものを食べる時に許可を求める。かわいい奴だなって思う反面、はやく稼いで許可なしで食べてくれよとも思う。それに、教師になりたいなんて、母は初めて聞いた。

「いっしょに食べよう。箱ごと持ってきて」と私。オレンジとグレープが二つずつ、私は一つしかないデコレーションしたレモンゼリーをとる。

かえでちゃんが「それは龍ちゃんに……」と言いかける。

「年寄り順だよ」って私はゼリーを頬張る。

少し呆れ顔のかえでちゃんが「この人、ほんとに母なの？」って息子のほうを見る。

「みたいっすよ」

## 春再開

冬の厚いコートが要らなくなった頃、治療院の戸を久しぶりにくぐる。

「なんだ。あなた、まだいたの」私は拍子抜けしたように言う。

「えっ福本さん？」と今日の受付予定を確認する。

「僕が気を利かせたんです」と診察室から出てきた院長が微笑む。

私の隣の人に、「小畑さんどうぞ」って声をかけ、再び治療室に入る院長。

「あなた、郷に帰ったとばっかり。就活、向こうでしてたから」って靴を脱ぐ。

「えっ。言ってなかったっけ。来月から、こっちの専門学校に勤務しながら、ここにもくるって。今月は、少し長くお休みしてましたけど……ふくもとは、どこに旅立ったのかと」

私は、あなたにバイバイって言うのも、言われるのも嫌で、院長にも聞けずに、ヘッドスパ、炭素温熱ドーム、ウォーター温水ベッド、リンパマッサージなどで、痛みをごまかしていた。

「あっベッドが空いたみたいです」

「いいのかな、あの患者さん大丈夫？」

「福本さんは、そんなこと気にしなくてもいい。それにあの患者さんは院長が」

「私も院長が……」「また、そんなこと言って。とっとと入れー」ってスリッパをはいた私のケツをぽーんと叩く。

一時停止されていたビデオが動き出したように「ねぇ、検便ってどうするの？」って伏せたまま聞く。

「なんだあ、再会が約束されたのに、ウンチの話かよ」ってあなたはケツの真ん中に軽く握った拳を置く。そして「検便は、トイレで」っていつものように肩を押し始める。

「えっ私、トイレだと便が水に浮くから、リビングで新聞紙敷いて、がんばろうかと、友人、知人から新聞紙集めた」

「えっほんとに？　まさか、みんな、そんな姿を想定して新聞紙、寄付してなかったと。まったく、ふくもとは何をしでかすか。検便は、まずトイレのふたを取り、トイレの便座に新聞紙を軽く乗せて、トイレットペーパーを敷いてウンチを出す。で、容器に入れる。これで残ったものも簡単に流せる」「うん」ご丁寧にどうも。

「僕がいてよかったですね。でも、検査ってドキドキしますよね。僕もこのあいだ、就職先の学校に出すレントゲン撮りました。肺癌とかだったらどうしよー」

「かもねー。治療中、冷たくなるし」

一ヶ月前の治療の時、あなたの手が異様に冷たく感じた。「ちょっと、ごめん」って仰向けで手を伸ばした。頬は熱い。

「あなた、熱ないか？　寒気は？」と一瞬、患者を忘れて聞いた。

「そういえば、ふくもとがきてから……くっしゃん」って鼻水が顔に落ちそうになる。

私は「風邪？　今日だけは手も抜いて、早く帰りなさい。私が最後なんでしょ」って言った。「いや、そんなわけには」って私の首を押すたびに咳く。

「もーう」と顔を背けた。

「そんなに嫌なんだ？　冗談なのに」と顔をのぞいた。

「うん。針師に風邪をもらうなら、こない」とむくれた。


「あっこないだ、帰って熱を測ったら、三九・四度あって慌てて病院行ったら」

「インフルエンザ香港型」「えっなんで、わかったんですか」

「うふふ」私も高熱で、数日間、家のベッドにいたことを、今頃あなたに告げたところで。

「すごいだろー。だてに子育てしてないもの。が、就職決まってよかった。教師か……支えてくれる人、いるよね」と私は少し勇気を持ってうつ伏せの顔を上げる。

「はい」って初めて見せる、あなたの満面の笑み。

「なら、大丈夫。靴擦れに気をつけなさい。あと、座布団。けっこうケツが冷える」「なにかと、よくご存知で」

「教師の妻、二〇年させていただきましたから。きつい時もあるよ。教室では誰も助けてくれないし、みんな一匹オオカミ。まあ、性格の悪いあなたには向いてるかもね」って針を入れる隙を与えずしゃべる。頭の位置を定めていると、左腕の真ん中に針を置かれる。

「イッイタ」だけど……。

「制裁です。静かになるように。次はここだ」って腕の付け根に針を入れる。

親指に強烈な響きが走る。驚きベッドから跳ね起きそうな私を見て、

「あはっ。指、持ってかれた？」って笑いをこらえている。くそっ。

## ウンチの話

治療室に入るなり、「検便、うまくできました？　誰かにお願いした？」

「さすがに、二日分の便をとって、家の冷蔵庫に保管する極秘任務は、誰にも頼めないし自力よ。あっあなたが毎日いたら、お願いしてたかも」

「絶対、やだ。それにそれは僕の仕事じゃない」

「ふふふふふー」治療室の裏の薄い壁越しに院長の笑い声がする。

「いやー。相変わらず親子してるなって。つい耳がダンボになってしまって、すみません」と院長は笑いながら、受付に向かう。

「福本さん、ウンチの話はいいからうつ伏せになって。はやく！」

「えっ。あなたが聞くから」ブーたれ顔の私を横目に、「あっ」って、治療室を仕切るカーテンをふいに少し開ける。

新しく入った中年女性の手技者が、にこやかに会釈する。カーテンを閉めて、「もおう。高橋さんも笑ってるし。はやくしろー」とせきたてる。背中を押し始めるあなたに、「なにも今さら照れなくても。それから仕事じゃなくても、困っている人がいたら、助けなさい。うちの子にも最近よく言うよ」

「息子、助けてくれないんですか」

「母のウンチのために、バイト休んでとは言えないっしょ」

「たしかにね。今、バイトもなかなかないし」

「うん。大変だった。志望校は落ちてバイトもない。が、福祉関係で少し縁があって」

「そうですか。はい仰向けー」

「表情も落ち着いて、いい顔だなって。私が勧めたバイトが良かったんだと思ってた。でも、最近、おかんに会ってほしい人がいるって言われ……」

「あっ母なんてまったく関係ない。それが普通の男の子です。だから、ふくもとも息子の彼女に普通に会ったらいいんだって」

「普通じゃないから、普通に会いにくいのに」

「あっはは。その気持ち息子に伝えた？」

「うん。正直にね。夫がいないのも、障害者であるっていうことも、こんなに重く感じたのは、今回初めてって言った」

「そしたら、なんて言いました？」

「彼女には、おかんのキャラをきちんと話したって。それに、おかんに会って、彼女がひいたら、俺、考えるわって」

「ほら、いい息子だあ。きっとその子も……」

「違う。息子が考えるのは。おかんの暗殺」

「まあ、しゃーないっすね。この母は、どうしょうもないもん。僕が暗殺を実行しょう」って首に手を掛ける。押され具合がなんとも心地よく、なすがまま。

「福本さん、今まで検便どうしてた」

「三年に一度、夫に」

「下の世話までさせてたんだ」

「私もしたよ。最期に夫、便が三週間出なくて。真っ黒な液体便が出た時は、親戚、友人一同で感動した。私、ウンチでうれし泣きしたのは、あの時だけかと」

「夫さんのお腹、パンパンに膨らんでた？」答えないでいると、「わかっていると思うけど……」と言葉を続けようとする。

「腹水と癌細胞だよ。便は一部」彼を遮り、私は事実を自ら口にする。

でもね……最期の日まで病が治ることを信じるのが家族。いのちを脅かす病であればあるほど、病状が悪化していくほど、病と共に生きてくれればいいなんて次第に思わなくなる。日一日、刻一刻むしばむ病が消える奇跡だけを信じて生きるのだ。最期に便が出ても仕方がない。この状況には何の意味も持たないなんて、ドクターは思うのかもしれない。患者と家族が、明日につながる希望と感じることだとしても……。

夫は生前よく自分の体に語りかけていた。「癌細胞さん。あなたがあんまり大きくなると、僕が死んじゃいますよ。いっしょにゆっくり」と。腹水と肝臓に増殖した腎細胞癌は、彼の死と共に消え、二ヶ月間、膨らみ続けた腹部がぺしゃんこになった。彼の病が治る瞬間、彼は息絶えた。二度と目を開かない夫に、「もう少しはやく治ればよかったのに……ここから、回復できないの?」と私は叫んだ。

あの日の夫の姿を思い起こす今も、私は同じ気持ちになる。夫の体から、癌細胞がもう少しはやく消えていれば、今も一緒に……。

自身の身が亡びるまで、家族の死など受け入れられないのかもしれない。

最近「病と共に」生きている間は、ある意味ラッキーなことなのかもしれないと、ふと思う。その間は、医療機関にご病人、あるいは患者様と言われるのだから。けれども、病と共存できなくなったとき、患者様ではなくなる。ご遺体とご遺族になった瞬間、一緒に生きることができなくなる。

「福本さん！」とふいに鉄砲玉みたいな角度から声がする。ビクッと体で返事する。

「お腹に力を入れてみて。首の力が抜けるかも。ウンチ出す感覚で。あっウンチの手前のものが出たら、僕は退散。治療はそこまでですよ」

「ふん？」こいつ、またいい加減なことを言ってる。が、一理あるかもって、ブルーのコットンターバンで髪を上げ、下になった腹に力を入れる。確かに……と言おうとしたら「これ、便座カバーみたいだ」ってターバンを軽く引っ張る。遊ぶな！

「で、検査結果は？」

「便も血も二年前とは別人。なんで、これだけよくなったのかってドクター首傾げてた。で、内臓がこれだけ元気になったなら、首のレントゲンは撮らなくていいわって。なんだか、太鼓判押されたのか、見捨てられたのか微妙」

「ふーん。福本さん、首は近いうちにいけるかも。はやく上向いて。うえ。僕今わかった気が」「あなた、ひょっとして今までわからずに？」

「ばれたか。けど、きっと、すごくいい感じですって」

「あなたがでしょ。もーういい。タイムオーバー」

「大丈夫。人生遅すぎることはない。また明日も、あっ明日から僕、学校だ。また来週です」

「あなた、来週になったら、きっと忘れてるよ」

「じゃあ、ふくもとの体が覚えてください。ここでしょ」腕と胸の境に針を入れる。

「うわー。どうして。肩甲骨に響くの？」

「気持ちいいでしょ」針をさらに入れて、左右に回すと、がしっと肩全体が吊り上げられる。「うわっ」って驚く。

「あっは。今日は腕もってかれた？　次からは、針をもっと太くして、通電しましょう」

うっ。若いもんは調子こくから、おっそろしい。

「げっまじ？　あなた、そんなにがんばらなくてもいいよ」と顔を背ける。

「げっうざ！　じゃーふくもとが、がんばれるのかよ」あなたの顔が上にくる。

「ふん。動けなくなるまで、筋トレします」と大きく頷いてみせる私。

「うそこけ。帰ったら忘れてるくせに」

あっはは。私が、がんばれるのはウン？　だけ？

# シャットダウンポイント

冬。始終緊張し、硬縮し出した体には、付け薬も飲み薬も効かない時がある。食事もとれず、顔は青白く、目の下は真っ黒。頬の真ん中に入ったピエロのような涙の線は消えない。夏には使わなかったＢＢクリームをのばす。日焼けもしわもあまり気にしない。が、痛みに苦しむ顔は消したい。

黙って治療を受ける私に「福本さん。ダイエット月間ですか」

「うん」したいわけではないが、一週間で三キロ減。

「首のあたりがつらそうだ。ここだけ針しましょう。きっとおいしいものが食べられます」と顎を消毒液で拭く。

「もーう、この時期に、ややこしいものを塗って」ともう一度。綿花でこする。「気にするな」患者は化粧もだめかと言う気力もない。震える手でお札を出しながら、「Ｓ駅のＤ会館ってどうやって行くの」って尋ねる。

「えっ今から映画？　座っていてもふらついてんのに。首も痛そうなのに」

「友だちの上映会なの。あっこれ」って鞄の中のチラシを見せる。

「なら、この地図を持ってここに行きたいって言えば。なんだかそういう姿、にあいそうだ」腹わたがぐらっと煮える。人をバカにした笑み。

「笑うんなら、しっかり笑ってみー」って小声を投げつける。「笑うはずないでしょ」と、若者は唇をかむ。

「バイバイ」って意固地に無理したこの日から痛み止めと弛緩剤が増える。

数日後には筋肉が緩みすぎて、唾液が止まらなくなる。治療中に、よだれでハンカチが頬にぺたりと張り付く。「うわっ。つべた」と顔を上げる。

「きっしょー」の一言にかちーん。「えっ？　もう一回言ってみ」

「きっしょー　気持ちわるー　ばちこー」

「だから……ここにいるんじゃない」

「マジどり？　別に福本さんが気持ち悪いって言ったんじゃないし」

「言い逃れ、言い訳、きべん」って流せるはずだった。が、私の体は震え出した。

「三分ほど、外に出てくれないか」久しぶりに弱くてもろい私が姿を現す。

二年前と変わっていない私に、唖然とする。なぜか、夫の痩せこけた顔が脳裏から消えない。

「いいですか」とあなたは背を再び押し出す。

「ごめんなさい。でも、きしょいって言いません？」女子高生じゃあるまいし、鍼灸師が患者に言ってどうするって諭す気にもなれない。

「もういい。あなた、こないだから……」と、私は治療台から降りようとする。感謝はするが、執着はしない。冷たい手に執着するのは惨めで悲しい。

「ごめん、ごめん」って背中をさする。吐き気で白い、涙がこぼれる顔を真っ直ぐあなたに向ける。

「が、もし、治療を続けるんなら、お願いだから、痛みをとって。私、もう少しだけ時間がほしい」

「針してもいいですか。あっこのまま座ったままで」低周波の電源を落とす音や植木鉢をとりこむ音も気にせずに、ゆっくりと針を入れていく。静まり返った治療室で、慌ててセーターを着ようとする私に「そんなに、急がなくても……首に力が入るじゃないですか」ってコートをはおらせる。振り向く私の顔をじっと見る。

「びっくりしたでしょ？　おばさん、ばぐったって思った？」「……」

「私も、まさか、五〇前で二〇代の若い男の子に泣かされるなんてね」

「ですよー。ごめんなさい」と、子供のいたずらがばれた時みたいな顔をする。

よしっ！　とスリッパをはこうとする私に、「あーあ。長生きしたばっかりに」

「おのれー」膝を折り、ベッドを拳で叩く。

「うそうそ。でも、ふくもとって、いじられやすいから……」

「こらっ、またー。言葉には気をつけなさい」私、まだ弱い患者なんで。

友人が待つイタリアンレストランに急ぐ。彼女は二つ年下。長い付き合いだ。この日は朝から一緒に知人の講演を聞いていた。

「お待たせー。もう自分にびっくりだよ。息子みたいな年の鍼灸師に、切れかかって、この有り様」って涙とよだれでぐちゃぐちゃの面のまま、メニューを見る。「よだれのハンカチが、ばばいって言われたのよ」

「それは医療従事者が言ったらだめだわ。四半世紀も違う子だと、言葉の使い方も違うんでしょうけどね。でも、よく怒れましたね、愛がないと、泣きながらなんて叱れませんもん。よっぽど、慣れ親しんだ手なんでしょうね。だからこそ、きっと千夏さんのシャットダウンポイントに入ったんでしょうけど。人によってキーワードが違うから、いつ何時、傷つけるか傷つくかわからない。でも、千夏さんも、少しずつ小出しにして怒ればいいのに」

「息子にも、おかんは、笑いながら怒るからわからんって言われる。が、言わなくても笑っていても、怒っていることに気づけよー」と残っていた涙のしずくを落とす。

「キーワード今、思い出した。私、中学生の時、机に一滴よだれを垂らして……クラスの女の子が汚いって騒いで、廊下に机を出されたのよ。でも、好きだった山本君が、『お前ら！』って机を教室に戻して、『アホくさ』ってその机の上で寝そべった」

「かっこいい。でも、鍼灸師の彼は、かばうどころか」

「怒ったら、きっしょー。気持ち悪ー。ばちこーの三連発。ちなみに、山本君も鍼灸師も陸上部、成績優秀、生徒会長経験者」

「うわー。幻想、砕かれたんですね。でも、若い彼もきっと学んだと。あっ今頃謝りにきてたりして」

「まっさかー。絶対それはない」と、二人は小一時間ほど過ぎた時計を見て店を出る。

「でも、相手は患者の電話番号も住所もわかっているんだし。こちらは何もわからないけど」と言う彼女も、長年ドクターと体と心をすりあわせて生きている。


帰宅後、いつもは面倒でほってあるポストのダイヤルを回す。パンパンに詰まった広告や書類を取り出す。ルーズリーフの切れ端が舞う。

「今日は本当にごめんなさい。以後、悔い改めます」接骨院で毎日、毎週見た字だ。

リビングのテーブルで、彼の字をじっと見る。彼の顔を思い起こす前に、私は鏡の前に立つ。ゆがんだ口から唾液がこぼれる。きしょい、気持ち悪い、ばっちい。だからなに？

私はわたし。

## 急診来客

夫がいない三度目の冬を、息子の龍とむき出しの命のまま、一つ屋根の下で暮らしている。私は、夫の死後、大学を辞めた息子を心のどこかで許してはいなかった。今も……。息子は父の死後、狂ったように泣き続けた私を、母として認められなくなった。互いが「お前のせいダー」と罵りあう時もある。

夫の生身の温かさは、夢の中で時折感じるだけだ。夫に会いたいと泣き叫ぶ。首の痛みに加えて、腰痛と蓄尿障害も、また始まった。腰が痛く前かがみになりながら、何度もトイレに行くのはつらい。夕方、鏡の前で髪をセットする息子に「龍、接骨院にキャンセルの電話入れて」と依頼する。

「なんで。腰も首もつらそうやん。俺、送っていくで」

「ありがと。でも、さっきからおしっこが止まらなくて」

「お、おい、さっきトイレで濡れてたのは！」と、あわてて靴下を脱ぐ。

「気にせんのぉ」と笑う私を横目に「もーう」って呆れ顔で携帯を持つ。

「断ったけど、接骨院の兄ちゃんとなんかあった？」「べっべつに」

「お前っていじられやすそうやしなー」

黙り込む私を置いて「まあ、帰ったら聞くわー」とそそくさと出ていく。

夕焼けの空があっという間に夜景に変わる。誰もいなくなった部屋に、インターホンが鳴り響く。半ケツでトイレから出て、ドアホンの画像に移るあなたの姿に驚く。エントランスを解除して玄関を開ける。

足元にあなたの紺ブレと緑のマフラーが転がる。

「みんなが、福本さんが初めてキャンセルしたって心配して。後片付けはいいからってにこやかに微笑んで」

「暗黙の了解か。そして、見舞いの報告は、誰も聞きたくない。あげる必要もない」

「福本さんって、そういうところは察しがいい」

「だてに長く障害者してないもの」って奥の和室で背中を押されはじめる。

「イタッ」「大丈夫?」と優しげな声を出し、背中をさすり顔を覗き込む。

「いつもと違う気持ち悪い猫なで声、やめなさい」

「あっは。で、今日はなんでこなかったんですか?」

「きしょいから」

「うわっそれ、いつまで言う気ですか?」

「あと一年は。あっ私じゃないよ。きしょいのは」と首を上げる。「えっ俺?」「うん」

あなたの親指が首に入る。そこそこ。思わず「うっうっふーん」と声を漏らす。

「わっ。気持ち悪い声を出してしまった。こんな時に使うのよ。きしょいって」

「うわー。耳に残るわ」って笑う。


私……この子の手が、まだ必要なのだ。むかつきながら、私はわたしになれた。きちんと毎日の悲しみと痛みに向き合い、生きてこれた。


「今日は、朝から便にガスに汚血に鼻水。あっさっきから尿も止まらなくて」

「それって蓄尿障害で、風邪ひいてて、生理中でおなかが痛いっていうんじゃ」

「そうそう」「なんで、そんなにぼろぼろなんっすか」バスタオルで背中をはたく。

「だから、家にいるんじゃない」

「尿を止めましょうか。仰向けになって、したの毛が見えそうなところまでパンツ下げて」

「やだ。今日、勝負パンツじゃない」

「僕に勝負挑まれても……」「わっはは」と、パンツに手を掛けたその時、玄関が開く。

息子の足音だ。私は、起き上がり布団の上に座る。

「うわっ」半歩後ずさりして、小さく頭を下げる息子。

「こっこの子は」「おかん、あわてんでも、それは見たらわかる。いつも母が……俺も見せたいものが」とリビングの仏壇に手を合わせ、おりんを鳴らす。家から出ていく時と、家に帰ってきた時に必ず彼はこの儀式をする。

「まさか、龍」って叫ぶ。「入ってきて」と玄関に顔を向ける。小さい足音が、小柄でぱっちりした目のお嬢さんを連れてくる。

「はい」バスタオルがスパッツだけの足に飛んでくる。

「あっありがと」って私は座りなおす。「えりなさん？　お噂はかねがね」

「おかんが腰ひねったって言うたら、様子を見に行こうってなって」

「もーう。こんなシチュエーションで……でも、会えてうれしい」「私もです」

「龍がどんな説明をしたかわからないけど、えりなさん……龍を好きになってくれてありがとね」という私に、にっこり微笑み頷く。

「おかん、大丈夫そうやし、やっぱ、映画行くわー」「お邪魔しました」と、二人はすくっと立つ。

「えりなさん。お父さんに挨拶して」と私は言う。

二人、並んで仏壇に手を合わせ、深々と頭を下げる。

「行ってきまーす」と玄関から二人の声がする。

「行ってらっしゃい」とっさに声が出せない私に代わって言いながら、「僕も夫さんに挨拶しておこう」って腰を浮かす。「早く迎えにきてくださいってか」

「そうっすよ。こんなぴいぴい言う人……あっ息子がいなくてよかったかも。虐待の現場。見つかんない」

「あのなー。くしゃみしても首が痛くて、三日ほど寝てない患者に」

「やばいじゃないっすか。少し温めますか。なら、トレーナー脱いで」

「今日は下着が」と口ごもる。「キャミ着てんでしょ」

「ごめん。着替えてくる」「いいから」立とうとする私の足を引っ張る。

「だって……困る」

「下着のお困り事を僕に言われても」ってぱっと足首を離す。

「怒るよ。クソガキ！　いい加減にしろ」

私は下を向き、「乳首うってないか、ちと気になって」ってそっと告げる。

「あっはは」って私がずっと守ってきた最低限のエチケットを爆笑かよ。手元にある枕を顔めがけて投げる。

「わかった、わかった。ごめん。でも風邪ひいてんだから。大事にしたいものは、バスタオルで隠して」と、枕を両手で抱えて言う。

「もーう、タオルが」硬直した腕に引っかかる。「もっいいか！　男だと思ってくださ い」ってパッとバスタオルを払いのける。

「はじめから、女なんて思ってないし」

「なに言ってんの。あなたがどう思うかじゃなくて、私がどう思うかが大事なんじゃない」

「ふふ、首こっちに向けて。今日はおとなしいじゃないっすか」「きっと、家だと落ち着くのよ」「はい、座って」

ぐうー。「私かな」「僕のお腹です。はい、終了」

「ご飯……食べていきなさい。今日は約束も待ち人もないんでしょ」と膝を畳につけて、ふすまの端を両手で持ち立つ。

「あったらここにきませんって」

「だよね。冷蔵庫にポテトサラダとお肉が……肉、焼いてくれないか」

「めんどくさー。しゃーなしっすよ」って台所に向かう。

「ほれ、テーブル設定して、肉をひと口サイズに切って」「はいはい」ご馳走さまー。

「今日は、引き合わせの日だわ」「ねっ。僕もびっくりしました」

「お皿を下げて、お茶入れてくれないか」「いいっすよ」

「ああなた、御代を」「いいっすよ。お見舞いにきて、うまい肉までいただいて」

「そっかー。まっ少額だが就職祝い」と、財布を開け一枚しかないお札、五千円札を出す。

「なら、ありがたく。あっみんなにはふくもとは手遅れってことにして、僕、ここに時々紙パンツ運ぼうかな」

「うわっ。高くつきそう。私、なにがなんでも出るものを止めます」「そうっすよ。でないと俺の食い物になりますよ」って笑う。

「ここ、夜景がすごいっすね」っていうティーカップを持つ夫に似た鼻を横から見つめる。

プゥ～。えっ私、何した？　あわててお尻を押さえ「ご、ごめん」

「僕も退散しよー」と席を立つ。カウンターのペンで走り書きをして、

「これ、よかったら命綱の一本に加えといてください。顎が外れたり、首が痛くて何日も眠れないとき、僕がタイミングよく捕まれば」

「私、そんなに都合よくあなたが捕まる気がしないんだけど。それに命綱になるか？」が、今日はあなたの患者でよかった。見えない明日は、今日の積み重ね。

「明日から、教師がんばれー」玄関で靴を履く背をそっと押す。

「福本さんも……僕は、また明日って背中を押してあげられなくなったけど」

廊下に出て下を見おろすと、白い水滴が落ちては消えていく。

伸ばした私の手に、あなたはめいっぱい背伸びをして手を振る。

時計が一二時を回った頃、「ただいま」と息子が玄関で靴を脱ぐ。

「お帰り。えりなちゃん送っていった？」

「うん。で、あれが、おかんの好きな人？」「えっ！」「って彼女が言ってた」

「そう。女の子オーラが出てたか」

「うっ。おかんが言うと、ほんまにぐろい」「きもかわいい？」

「きもいだけ」と、閉められた部屋の戸越しに私は叫ぶ。

「大事にしなさいよ。あんたに恋する女の子を」

「うん。けど、おかんって……」「えっ、なに？」「べつに」

## 失う痛み

「夫さんの法要は今年も無事？」

「済んだ。でも、なんでわかったの？」

「装いが……」白地にネイビーとグリーンの幾何学模様のマキシワンピースの黒い付け紐を引っぱりながら、「こんなの、どこで探してくるんですか。これ、お寺から頂戴してきたんじゃや。金のひょうたん」と紐の端の玉を手に取る。

「そんなこといたしません。なんだか、ほしいものが目の前にやってくるの」

「そして去っていく」「こーれ～」

「五年目ですね」「えっ」もう家族以外はっきりとこの数字を言い当てる人はいないだろう。花を手向けるのも私だけの特権になった。

「聞いていいですか」「ふん？」

「どんな去り方でした、夫さん」気づくとほかの手技者も患者もいない。

「長くなるよ」

「いいですよ。今日、鍵かけるの僕なんで」

「家で生きたいっていうのが夫の希望だった」と治療台に腰を掛けなおす。

「えっまさか福本さん、一人で」

「そ、そんな大昔のドラマみたいなこと、できません。随分がんばったんだけど、病院に緊急搬送、最期はホスピスで生き切った」

「よかった」と胸をなで下ろして、隣で足をぷらんとさせる。

「教員さんでしたよね」

「うん、教壇に立っている間だけ、僕は病から解放されるってぎりぎりまで」

「うわっ、どんだけ悪妻？」「だろっ」

教師が天職の夫だから、最期まで教師として生きる姿を見ているしかなかった。夫が迎えた最後の新学期の四月、休職を提案する私に、「僕もこの病にかかって、別の生き方も考えてみたりしたけど……なあ、なっちゃん、人ってそんなに変われるものじゃない。変わらんでもええって思う」と自分が信じた治療を続けながら、教壇に立ち続けた。

が、病状は悪化し、六月自宅療養後、七月に二年足らず彼の腎細胞癌を見てきた病院に緊急搬送された。

「帰ってきはりましたか」「はい、私たちもがんばりましたが……」

「奥さんも随分痩せはりましたね。今日は僕が当直なので、帰宅されてはどうですか」と担当医は言う。

「ありがとうございます。でも、夫は今、私が一緒にいることを望んでいます」

「そうですか。あとで伺います」と数分後、担当医は病室の窓辺に佇む。「僕もこの部屋にいたことがあって……。ここでこうして立つと、お城も見えるんですが、そこからだと、なにも見えない。殺風景な部屋で僕も……」と夫を前に声を詰まらせる。

「奥さん、あとで少し」と、相談室に行くと、「全身に癌が……二週間くらいかと。どこまでの処置を望みますか。人工呼吸器はつけますか。ご本人の意思決定がなくなった場合どうしますか」と、矢継ぎ早に聞く。

「先生、手続き的にお急ぎなんですか。息子もこの場にまだいないし、私の一存では……それに、夫は私たちにそんな酷な選択をさせることなく生きますよ。大丈夫です。もしもの事態には、そのつど私たち家族は懸命に考えてお答えします」

ドクターは黙って同意書を畳み、白衣のポケットに入れた。

「お願いがあります。余命告知だけはしないでいただきたい」

「いいんですか。会いたい人とか、いろいろなご準備とか」

「はい、それよりも、今の状態の余命告知は、彼の生きる希望を絶望に変えると思います」

「わかりました」

部屋に戻ると、「どんな話やった」と夫に聞かれ、

「ふーん。私の病院での生活がドクターは不安だったみたいで」と答える。

「なんやあ。そっちかあ」と少し安心したように微笑む。

「うん、こっちこっち。でも、いい加減、障害者に慣れろよな」と私は口を尖らす。

「あっはは、言うたらよかったのに。で、レントゲンとか見たか」

「うん、見た見た。今日は検査でお疲れでしょうから、また時間をとってご主人に説明に伺いますって」

「そういえば、疲れた。寝るぞー」「あっ私、歯磨きまだだ」

「ほらー。もうすぐ消灯やろ。はよしろ」夫が寝静まってからの数時間の間、病院の静まり返ったロビーで吐き震えながら、夫と自分の明日のサポーターを探した。一週間後の事件が起きる日まで。

ブルドーザーが突っ込んでくるような音で、私たちは、朝のベッドで震えた。

「この病院は、患者を殺す気か。俺は俺は殺されるー」温厚な夫が、息絶え絶えの中、必死で声を上げた。

病室に駆け込んできたのはナースだった。偶然にも、彼女は夫が長年勤めた前の高校の生徒さんだった。彼女は、心細やかにしっかりと私たちを支えてくれた。

途絶えることない、もと教え子さんや同僚の方々との再会の時間も、彼女の陰の計らいがあったからこそ得られた。

「先生！　大丈夫です。今すぐドクターを呼んできますから」と、彼女は夫の手をさする。

「始まりましたか。改築工事。うわっ、予想より音がすごい！　これは堪える。この部屋でこんな感じなら、他の病室はもっときついだろうし。ＩＣＵも空いていない」とドクター。

工事期間は一週間だ。音に敏感に反応してしまう病弱な脳性まひ者の私は、夫が置かれている身の危険をとっさに感じた。ここは、もうあかん！

「お父さん、私たちに託してくれる」と、私は夫に聞く。病にかかってから、私は夫の支えになり続けようとした。夫より先に走ったのは、この時だけだった。息子の到着を待って、私はタクシーに飛び乗った。

「Kホスピスまで、行ってください。急いで！」

担当医からの手紙がKホスピスの院長に渡り、すぐに病院からKホスピスに、副担当医と救命医がついて救急車で搬送された。

在宅看護や訪問医療は、必要な時に、そんなにうまく用意されていない。刻一刻変わる病状、痛みのコントロール、食事や排せつ、体位の調整、心のケアなど、夫が生きる力を蓄える場所として、私はここKホスピスが一番いいだろうと思っていた。

夫には告げず、ほかにもいくつかのホスピスを見ていた。でも、どこのホスピスも交通の便が悪く、駅から遠い。なによりも、私たちの現状を知り、耳を傾け、手を貸してくれようとはしなかった。

そんな中で、Kホスピスは唯一、「どうされました。何かお困りですか」と、初対面の時から、時間を取り相談に乗ってくれた。ここでなら、この方たちなら、私たち家族が万が一最後に看取れなくても後悔はしないと、私は直感していた。

私と同じ思いの患者さんや家族は、全国にいた。「三ヶ月から半年ほどお待ちの患者様から、順番に手続きをとっていただいています。が、状況によっては……手続きをする予約を入れておきましょうか。何かあれば、いつでもご連絡ください」と、言ってくれていた婦長が私を出迎えてくれた。

痛みの緩和ができ、日々を生きる喜びが持てるKホスピスで夫は生き抜いた。入院予定表には一週間の日付が書かれていなかった。「俺、あと、どのくらい」「それは、誰にもわからない。ただ、こうして、ここであなたと私たちがいるのは、キセキだって」

延命処置ではなく、夫が人として夫らしく一秒を生きるのを、全力でサポートする医療の場で見たキセキ。院内のテラスに車椅子で出掛け、夏の風を家族三人で感じた。酸素マスクを取り、病室のトイレで用を足した。エレベーター前の自販機のジュースを、吸い口でなく、座って口にふくみ、喉がごくんって鳴った。

ロビーの電子ピアノであなたからリクエストされたモーツァルトを弾いた。「今日はなっちゃんの演奏会や」ストレッチ型のベッドの上で微笑んだ。演奏会がきっかけで、出会った二人。あなたの前の私は、あの時、何歳だったんだろう。

ホスピスを宿に二週間後、それは、日常の途中で回していたビデオテープが、突然切れたような終わり方。

決して、ドラマティックではないけれど、私たち家族らしい別れ方だった。

「この人、さみしがりやなんで……」って私、胸の中に夫を抱いた。小さくなった体の感覚は、自身の命が尽きるまで忘れることはないだろう。

「で、どうでしたか。ホスピスの家族会は」

ドキュメント映画の企画・ホームレス支援・障害者の居宅事業所の手伝い。あなたは私がなにかを始める時に必ず聞く。「ふくもとは何がしたいんですか。それがふくもとの本当にやりたいこと？」って。

「なんだか、家族会は共感する前に、障害者ってことで会に参加しても疲れる」

「でしょ。だいたい共感なんてできない。ふくもとはふくもとの思いで……。あっ、コンタクトが！」とあわてて椅子から離れる。

「あっちは？　えー、ゆめ風基金だっけ。東北はこれから大変なことになると。被災された障害者や団体を支援する、芸能人にも協力してもらって行政ができない基金援助の活動を二〇年近くしてきた団体」

「よくできました」

「福本さん、こないだから呪文のように繰り返すから」「そっかー」

「ですよー。いいと思いますよ。ただ、なにをするにせよ、気をつけてください。世の中いろいろあるから」

## 夏の終わり

「久しぶりですねー」「よく言うよ。君がこないだけじゃん」

「だから、今日はこうやって」って診察室のカーテンを三週間ぶりにあなたは開ける。

「人が一番痛い時にいないくせに」と小声で訴える。聞こえぬふうで、

「調子、どうですか」とあなたは問いかける。

私は明るく、なかば開き直り気味に「先月から首に激痛。病院通い」と報告をする。

「えっ？　うそだ」「うそついてどうするよ。ほれっ」と腕を出す。

「またあ」って痛み止めの注射の跡が付いた血管を押さえる。

「イタタタ――」って仰け反る。

「あーあー、とうとう」と胸の前で両手を合わせ一礼する。

「こらこら、抹殺かよ。人は痛くても死なないが、痛いと死にたくなるよ」

「へっ、なんてった？　更年期が不定愁訴と痛みに関係してるのかなあ」

「わかりきったことを偉そうに。が、生理も二ヶ月きてないわ」

「あーあ。性別もとうとう」

「そう。男、女、ふくもと。最近、ドラマでさえ恋愛物、見るのきつい」

「枯れちゃった？」「うん」枯れ木に花は咲きません。

「そのわりには、うさパンだし」と股関節を回す。

「わっ、虐待やめろ。早く治せ」

「僕の修正予測を上回る使い方をするから」

「患者のせいにするな」

「だって、学習能力ないんだもん。っていうか、なにか変わったことしませんでした？」

と、はたと手を止める。

「自転車かな」って小声で告げる。

「この前、生まれて初めて、インストラクター二人ついて自転車こいだっていうのは聞いたけど」

「あれから、部屋用の動かない自転車買って」

「どうせ部屋でオブジェ化してるんでしょ」

「うん」が、寝たきりが続き、動けなくなる自分への抵抗。希望は大事だ。

「体力づくりの決意を表明するだけなら、動く自転車買えばよかったのに。でも、何に乗るにせよ体には……」と私の体から力が抜けたタイミングで針を入れる。足の付け根に三本の連続技だ。

「気をつけてるよ」「そうっすか」

「この春から、龍が復学してんだし、もう少し生きてやらんと」

「龍は……彼女とは続いてるの？」

「あのあと、違う宇宙から、別のひらひら星人みたいなのを連れてきて」「へ？」

「で、別れて、今は知らん。が、もう、なに連れてこようとお互い様」

「あっはは」

首に消毒液を塗る真上の顔に、

「にい！」と息子を呼ぶ時のような声で叫ぶ。

「ふーん？」耳だけを傾ける。

「にい！」

「もーう。先生ありがとうございますでしょ」

「違う」

いつ跳ねるかわからないまな板の鯉に針を打とうとする。

「今日は首の針はいい」

「えっ。痛いのにやせ我慢してんじゃねえよ！」って頭を軽くはたく。

「いや、しばらく劇薬投入。口からと肛門からと血管から。初の試み」

「なに病人ぶってんの。じゃー座って、肩と頭に針しましょ」

「大丈夫か？　私、この体でもうすぐ韓国旅行だよ」

背を向けたまま言う。

「大丈夫です。ふくもとは死ぬまで生きます。痛いだけで」

思わず振り返り、「あのなー」って拳をあなたの胸にあてる。

「あっ、国が変われば歩けるかも。はい、おしまい。あっ待って」と治療台を降りかける私を止める。

「アンテナとんなきゃ。宇宙人みたいだ。あっ宇宙遊泳がいい」って頭の針を抜く。

「またー、そんなことを。が、ふわふわと浮きたいっすわ」

「でしょ。まっとりあえず韓国で漢方、加えて中国で針も受けてきて。鍼灸師は僕だけじゃない」

「そうねー。でも、あなたと出会っていなかったら……」

かごのTシャツをとりながら、視線を合わせる。

「でしょ。もっと感謝してください」

「もっと、よくなってたかも」

「アホ!」ってカーテンをさっと閉める。

会計をしながら、「あっまた明日」

「明日じゃなくて来週でしょ。いやお盆休みに入るか?」

「えっ、言ってませんでした? 僕、しばらく消えるんで、明日も連続できます」

「これっすよ」と受付の海外医療ボランティアのポスターを指さす。

「なに柄に似合わんことを……痛い患者、いたぶりぬいて逃亡? さすが、バイト君だ」

「はは、また明日」ってカルテを書き終えたペンの先を痛む左側の首にあて、「もっと、痛くなれー」ってニッとする。

「もーう、ほんと、バカ」

サンダルのベルトを必死ではめる私に、

「マキシワンピにサンダルっすね」

「去り行く夏に、いい感じでしょ」って黄色とオレンジの向日葵が咲いた裾を広げる。

思えば、四年前は、真夏でもくるぶしが隠れる重たい補装具でしか立てなかった。君と出会って、春にはスニーカー。冬にはムートンブーツが履けるようになった。

「ミュールも履いてください」「そりゃー立てんぞ」

「いけるって」「はは」「体を使ってやってください」

「生きているのは、私だもんね」

私は出会った証の「さようなら」を、喉の奥からなんとか引っ張り上げる。

「違います。また明日です。ただ、明後日以降のことがわからないだけで」

「はは」ひとり、治療室の扉を押す。いつもは開かない扉が、今日は開く。

「がんばってきます、僕も」

「がんばったらダメ！」「えっ？」「楽しんできて」

「ふくもとも……」「そうね、私も」

首が痛くても、あなたが教えてくれた今を生きなきゃ。

一歩踏み出した夏の空には、オレンジ色の月と、まだらにちりばめられた星が出ていた。

## まな板の恋

二泊三日の友人との韓国旅行から帰ると、被災障害者を支援する特定NPO団体・ゆめ風基金から、「来月から、こちらにきてもいいですよ」と、社会人として一歩を踏み出せる知らせが届いた。祇園祭の中で聞いた事務局長の声は、涼やかだった。

「仕事決まったぞい」ってうれしくて、あなたに一番にメールした。返事はこなかった。

数日後の治療室で、あなたは諭す。

「覚悟はありますよね。ボランティアの時とはきっとまったく違いますよ。福本さんは、誰かに何かをお願いされて、それが自分の本意でなくてもできますか？　きっと言葉でうまく言えない福本さんは、自分の本意ではないことも、いろいろ言われたりもしますよ。だいたい働くってどういうことかわかってます？」

「うん？」って、首を傾げたまま、私は入社式の朝を迎えた。

——職場では泣かない。はなからできないって言わない。愚痴や悪口は言わない——の三つの誓いを立てて、スーツふうの格好で電車に乗る。

朝の空気は澄んでいる。今日から、みんなと同じ人として、生きよう。ゆめ風の福本さんのあのデスクでいつか私を活かしてもらえる時がくるかもしれない。電車の中で怖くて震えていた昨日が変わった瞬間だ。

「働くなら、懸命に」とあなたからのメールが真新しいバッグの中で光る。

「どうですか?」「えっ毎回、ドジばっかりで大変です」

「えっOL生活まだ続いているんですか?　そりゃー大変だわ。会社が。福本さんは、元気そうだ」って二週間ぶりに首を押さえ込まれる。

結局、彼のうつ針が私には一番効果がある。

「でも、なんで。きっとご縁があったからなんでしょうけど」

「東日本大震災の時、これはきついわ。家族を亡くして遺体がなくて、悲しむ場所もなくて……って思った。決して自分は何かできる人間ではない。むしろ、逆なんだけど」

「あっはは、少しは大人になりましたね」

「もおおう。でね。失くすことは、諦めるとか代わりのなにかをいただきたいとかではなくって……あっ病気が進行したり、足が痛くて車椅子に乗る。私も枯れていく足が冷たくて痛くてどんどん歩けなくなってきた。でも、足を切断して、電動車椅子で新たな人生をなんてふうにはいかない。歩けないっていうのは、痛くてしょーがない足をつけて生きることなのよ。はたから見ていたら、わからないでしょ。

被災された障害者のつらさも想像するしかできないのよ。被災地復興という言葉すら、口にできなくて。私なんかここにいていいのかって思いながらもね」

「あかんたれですもんね。でも、そんなにやわじゃない！　だから、なにかを託されたんですよ。きっと」

「それに……夫の教師生活最後に関わった卒業文集に、行きたい場所・東北って書いてあった。何度も行ったのになんでだろう。なんだか、夫が行く道を……」

「もし、沖縄って書いてあったら、今頃暖かい地でゴーヤなんか栽培してた？」

「うん、してたしてた。のんびりとね」

「まあ、人生なんてそんなもんかも知れないですが」


それから、半年たった春。

「僕、来月からここにはきません」って突然の別れを告げられる。

「今春、なんか嫌な予感してたのよ。で、なんで？」

「かなり悩んだんだけど、昼は鍼灸師の先生で、夜は同じ学校で柔道整復師の資格を取ります。でも、就職前の福本さんにそれを言ったら……だから、みんなにも黙っててもらって、引き継ぎもぎりぎりに福本さんの希望を聞いてから……ほかの患者さんは既に、それぞれの先生方に」と、目尻にうっすら光るものは、私の思い違いだろうか。

あなたは鍼灸大学を卒業後、悲しむだけが仕事の患者に、「また、明日」をくれながら教員養成院に進んだ。逝った夫とリアルな息子に向き合いかけた患者に、教壇に立ちながら、「また、来週」をくれた。教員と治療者の二足のわらじを履く姿に、親鳥を真似る雛鳥みたいに、私も少しだけ前に進もうって思った。

五〇歳から始めたOL生活は、楽しいばかりではない。

人間関係がうまくいかない時、一度だけ大泣きをした。泣きやみ、話を聞き、「福本はふくもとだけの非を認めて、謝って学べばいい」と、あなたは大人の顔を見せた。

仕事が覚えられない時は、「まだまだ、ここから」

上司から叱られた時は、「愛があるから叱れるんです。みんなきっと福本さんの成長を待っているはずです」

休みたい時は、「だめ！　ぐっと堪える。しっかり働け」

「来月、ボーナス（笑）。がんばれ！」と追いかけても追いかけても先にいく、懸命に走る馬の鼻先についた人参みたいな奴に誘導されて、気がつけば、社会人四年目である。

残念ながら、アクシデントはない。まな板の恋を続けながら。へへっ。

## おわりに

三〇年前。もし夫が私の前から姿を消すことがわかっていたら、彼に恋をしただろうか。命懸けで愛しただろうか。

イエス！　と、今大きく頷く。夫を亡くした悲しみを、乗り越えたわけではない。〇〇療法で、身も心も強くなったわけではない。努力しようにも体力がない私にはどれも難しい。加齢のスピードは年々増している。だが、お仏壇に手を合わせ、「あなた、仏になってくれてありがとう」などという悟りも開けそうにない。

この作品を書き出した頃、私は、書くことでかろうじて命を保っていた。生きるには書かざるをえなかった。そして、今も書くという自分の旗印をあげ続けながら生きている。この環境を与えられていることに感謝である。

この作品が世に出るにあたっては、まず中山千夏氏との出会いがある。ゆめ風基金の支援者でもある千夏さんに、おどおどしながらどあつかましく、「申し訳ないですが、これを読んでくださいませんか」とお願いした。「少し時間はかかりますがいいですよ」あの時の千夏さんの穏やかなお顔はいつでも心の引き出しからだせる。そして、数ヶ月後、編集者の矢崎泰久氏と飛鳥新社の土井尚道社長が作品に目をとおすことになる。

「わが社で出版を！　ただ新人さんなので、うちから編集者をつけます」との飛鳥新社さんの知らせに、人生初のうれしい号泣をした。

「年だけくった何も知らない変わりキャラの新人」を編集者・野口英明氏は、程よく追い込んだ。編集・校正を重ねるごとに、思いを吐きだすことと思いを伝えることとは違うと学んだ。思い出の川で溺死しそうになりながら、言葉を探す作業を繰り返した。年明け、「福本さんがもうこれしかないという一言一句に出会いたかったら、しっかり声に出して読んでみるといいですよ」との野口氏の指令に、ひょっとしたら、昨日の自分に今日の自分が負けるかもしれないと思った。胃液をあげながらパソコンに向かう私に、お仏壇から、「なっちゃん、僕を忘れてもいい」と夫は言った。

私は昨日の自分に負けない！　おそらく夫が一番それを信じてくれていた。そんな気がした。そして、野口編集者も……。私を信じてくれている人がいる。それに気づいた私は更なる奇跡に出会う。それがこの本の表紙だ。

私は写真が苦手だ。小さい頃、母から、「ちぃちゃん、お口閉じてお目め開けてお顔真っ直ぐで、小さい左手を右手の下に隠してじっとして」なんて言われて写真を撮られた。できないことを強要されるのは拷問に近い。加えて次の瞬間の、「あーあ……」という何とも言えない落胆のため息は、人として成長する自信まで奪っていった。

最初、自分の顔を表紙に使うなんてありえないと、出版業界のいろはを知らない私は抵抗した。無礼にも、「障害者の姿なんてみんなご存知ですよ」と振り返れば恥ずかしくて真っ赤になる言葉も吐いた。でも、土井社長と言葉を重ね、私が一番、障害者という殻に、自分を閉じこめているのだと気づいた。撮影をお受けしたら、また一歩ここから出られるかも。「おかん、どーんと行ってこい」と今夏、教育実習の息子も背中を押した。そして、予感は的中した。

折しもエイプリルフール（笑）。桜が満開の東京、代官山スタジオでカメラマン・渡辺達生氏に飛び切りの笑顔を引き出していただく。育ちゃんことスタイリスト・富田育子氏は私の体に、初めてつけた衣装の一部がきついことを知り、すぐ買いに走ってくれる優しい人だ。ダンディにGジャンを着こなすヘアメイクアップアーティスト・米澤和彦氏は、ずっと昔から私の髪を知り尽くしてくれているように鋏を持つ。「はい、仕上げ」と小指にのせたピンクのリップを私の唇に置く。この瞬間、遺体の夫とのラストキスで凍りついた私の唇が、超急速解凍された。野口編集者が場を切り盛りし、スタジオのスタッフさんもこころを懸命に温めてくれる。

撮影終了後、カメラマン・渡辺氏に声にならない声で、「今日の出会いに感謝します。私は……明日から私が少し好きになれる気がします」と駆けよっていた。手を取り合いながらみなさんとの記念撮影。一枚の写真が、人の人生を変える。

きっと土井社長は、私が心からの笑顔で、人生を再び歩むことを信じてくれたのだ。この本を、手に取ってくれているあなたが笑顔になっていただけることも。

【著者略歴】

福本千夏（ふくもと・ちなつ）

1962年生まれ。動物界ヒト科、脳性まひアテトーゼ型。寝ている間以外、どこかしらの筋肉を緊張させている。手足の動きとハスキー漏れボイスが独特。好奇心と人に恵まれ、幼稚園から大学まで普通校で学ぶ。独り暮らし、結婚、子育てをし、平凡で幸せな時間を過ごす。2008年、夫（高校教師）が2年間の癌との共生後死亡。専業主婦を廃業。絶望の中、息子にいのちの根っこを支えられ続け、2012年、地震などで被災した障害者を支援する団体「ゆめ風基金」に入職。現在、人間修行中。

千夏《ちなっ》ちゃんが行く

2016年7月21日　第1刷発行

著　者　福本千夏

発行者　土井尚道
発行所　株式会社　飛鳥新社
〒101-0003 東京都千代田区一ツ橋2-4-3　光文恒産ビル
電話（営業）03-3263-7770（編集）03-3263-7773
http://www.asukashinsha.co.jp

写　真　渡辺達生
装　幀　萩原弦一郎（デジカル）
編集協力　野口英明

印刷・製本　中央精版印刷株式会社


ISBN 978-4-86410-491-3



編集担当　畑 北斗